全民微阅读系列

最佳人选

ZUIJIA RENXUAN

海华 著

江西高校出版社
JIANGXI UNIVERSITIES AND COLLEGES PRESS

图书在版编目（CIP）数据

最佳人选 / 海华著 . —南昌：江西高校出版社，
2017.6

（全民微阅读系列）

ISBN 978-7-5493-5453-5

Ⅰ . ①最… Ⅱ . ①海… Ⅲ . ①小小说—小说集—中国
—当代 Ⅳ . ①I247.82

中国版本图书馆 CIP 数据核字（2017）第 111488 号

出 版 发 行	江西高校出版社
社 址	江西省南昌市洪都北大道 96 号
总编室电话	(0791)88504319
销 售 电 话	(0791)88592590
网 址	www.juacp.com
印 刷	北京一鑫印务有限责任公司
经 销	全国新华书店
开 本	700mm×1000mm 1/16
印 张	14.5
字 数	166 千字
版 次	2017 年 6 月第 1 版
	2020 年 7 月第 2 次印刷
书 号	ISBN 978-7-5493-5453-5
定 价	36.00 元

赣版权登字-07-2017-475

日益崛起的岭南小小说

——《岭南小小说文丛》总序

杨晓敏

近年来,岭南小小说在申平、刘海涛、雪弟、夏阳、许锋等人的大力倡导下,涌现出一批又一批的小小说热爱者,他们中间有成熟作家、评论家,也有后起新秀,他们的写作或深刻老道或清浅稚嫩,却无一不表现出一种蓬勃向上的喜人态势。今天的岭南小小说也可说春光旖旎,风光无限,老枝新叶,次第绽放新颜。《岭南小小说文丛》这套丛书,可谓近年来岭南小小说创作的一次集体大检阅,名家新锐,聚于一堂。入选的众多作家,来自不同的行业领域,对生活与艺术有着各自的观察切入点和表现力,其作品自然各具特色、各臻其妙。

广东已成为全国小小说创作强省之一:2010 年在惠州创建"中国小小说创作基地";2013 年打造"钟宣杯"全国优秀小小说"双刊奖";2012 年著名作家申平先生被聘为《小说选刊》小小说栏目特约责任编辑,同年,惠州学院文学与传媒学院成立了小小说创作研究中心;2016 年成立了广东省小小说学会, 还有广州、佛山、东莞等地活跃的小小说学会等。一些有能力、有责任感的小小说倡导者,逐步健全组织机构,发展壮大队伍,坚持定期举办笔会,推新人、编选集、搞联谊、设奖项。这些举措不断激励着广大写作者的创作热情,绩效卓异,引起了全省乃至全国更大范围的关注,引领出了一支数以百计的小小说作家队伍。这支队伍先后出版小小说作品集和理论著作数百部,涌现出申平、刘海涛、韩英、林荣芝、何百源、夏阳、雪弟、许锋、韦名、朱耀华、吕啸天、李济超、肖建国、海华、石磊、陈凤群、陈树龙、陈树茂、阿社等一大批在全省、全国产生影响的小小说作家、评论家,先后荣获小小说领域最高荣誉"金麻雀奖"以及"蒲松龄微型文学奖""全国小小说优秀作品奖""冰心儿童图书奖"等,并且获得"小小说事业推动奖""小小说星座""明日之星"等荣誉称号。《头羊》《草龙》《记忆力》《捕鱼者说》《马不停蹄的忧伤》《蚂蚁蚂蚁》《爷父子》《最佳人选》等不少作品被选入各类精华本、语文教材以及译至海外,成为广大读者耳熟能详的精品佳作。

　　能把故事尤其是传奇故事讲得一波三折、九曲回肠、跌宕起伏又不纯粹猎奇,不能不说是写作者赢得读者青睐的一种有效手段,事实上有不少小小说写作者都因此而取得成功。广东的小小说领军人物申平深谙此道。近些年在南方的生活打拼,使他对文学的理解愈加成熟。他说,故事与小说的差异在于,前者是为了故事而故事,后者是故事后面有故事——回味无穷。现实生活中会有不同的故事,而要成为小说,则需要作家在生活中提干货、取精华,在故事这个"庙"里,适当造出一个"神"来。我以为作者所说的这个"神",实际上就是文章的"立意"。这是作家从创作实践中悟出的真知灼见。申平是国内著名小小说作家,作品诙谐幽默,主题深刻,特别在动物小小说创作方面独树一帜,深受读者好评。此次申平推出了自己 2012 年至 2016 年期间发表的作品精选,这 80 篇作品可以清晰地看到作者这几年的思考和跨越,"头羊"一下子变成了"一匹有思想的马"。

当代小小说领域的写作者云集如蚁，此起彼伏，亦如生活中，各色人等各领风骚。关于人生，关于文学，关于小小说，夏阳曾写下了自己的理解。他说："小小说首先是一门艺术。语言的精准，具有画面感的场景，独到的叙述手法，极具匠心的谋篇布局，加上恰到好处的留白，方寸之地，凸显小小说的大智慧。"夏阳在出道极短的时间里，以文质兼具的写作，进入一流作者的方阵，细究起来答案其实简单——不懈的读书思考和丰富的生活阅历，直接关乎写作者的人格养成。耿介而不追名逐利，不媚俗并拒绝投机主义，使夏阳在庞杂的小小说作家队伍中更显得言行坦荡，特立独行。夏阳的《寂寞在唱歌》，精选了45篇作品，用音乐点燃小小说，用小小说诠释音乐，可谓别出心裁，意在创新。该书质量整齐，笔法老道，人物描写细腻，是一部有艺术特色的小小说作品集。

《海殇》是李济超的又一本作品结集，内容大致分为"官场幽默讽刺、社会真善美、两性情感"三类。李济超刻画人物入木三分，把普通而有特殊意味的人和生活巧妙地奉于读者面前，引导读者在阅读中沉思，在沉思中感知生活。他常将官场比作战场，撇开危言耸听之嫌，官场上不仅要有斗智斗勇的应变能力，还要有百毒不侵的强健心智才行。李济超的官场作品，似乎和"领导"较上了劲：《千万别替领导买单》的弄巧成拙，《白送领导一次礼》的功利认知，《不给领导台阶下》的误打误撞，无不说明了领导在其官场作品中难以撼动的堡垒地位。《今天是个好日子》更是将领导的官场伎俩表现得淋漓尽致。有很多作家热衷官场题材的写作，且以揭露、讽刺为侧重点，此类题材能成为写作热门，绝非因官场文章好做，而是耳闻目睹，有话可说。

幽默是一种智慧，既能兼顾严肃的主题，又能令情节妙趣横生。海华的小小说中，常常体现出这种幽默风格，此次他推出的《最佳人选》风格亦然。比如其中的小小说《批判会》，虽然写的是特殊年代的一件司空见惯之事，却寄寓深远，读罢令人浮想联翩。海华善于一语双关，旁逸斜出。其作品语言紧贴人物，诙谐幽默，绵里藏针，极有生活气息。旺叔和七叔公两个人物形象刻画尤为成功。二人巧于周旋，挥洒自如，化解矛盾于无形，大庭广众之下，宛若上演了一出滑稽剧，既捍卫了村民的权利，又对社会生活中的不正常现象进行了淋漓尽致的抨击，是一篇幽默而不失含蓄的批判现实问题的作品。《最佳人选》所选作品，既有机关生活的展示，亦有市井生活的描绘，注重思想性，选材独特，构思精巧，文笔犀利，可读性强。

陈树龙专职从事空调行业二十多年，与民众多有交道，丰富的生活阅历使他的作品贴近生活本色。他善于将问题隐于深处，以轻松调侃的姿态开掘出来，读来生活情趣盎然。《顺风车》中的作品幽默诙谐，其中的《藏》可谓滴水映日，以小见大。阿六担心老婆戴着金首饰旅游不安全，让其藏匿于家，可是藏在家中哪里却成了一个棘手的问题，即便是自己的家，也未必是安全所在，还要提防小偷不请自来，于是揣摩小偷思维的反心理战术开始了。老婆准备将金首饰藏匿于衣柜、床垫、书房、米桶等等的惯常思路被阿六一一否定，畅想有个保险箱也被阿六调侃是"此地无银三百两"的愚蠢做法。老婆气恼先去拦的士，阿六藏匿好首饰，甚至打开了电视和灯光唱起了空城计，谁知却被再度返回的老婆无意中破解了。于此有了结尾处滑稽的一幕，阿六自认为天才小偷也找不到藏匿于垃圾桶垃圾袋中的首饰，却被老婆临走时顺手丢了。阅读至此，让人在哑然失笑之余，不免陷入对生存环境的思索。任何文学作品都要根植于现实生活的土壤中，小小说也不例外。每一篇作品就像一粒种子,埋藏在作者生活阅历及情感的不同节点,点点滴滴的生命感受一旦萌芽,或喜或悲的命运都会长成一棵开花的树。

陈树茂的小小说《1989年的春节》讲述了一个家庭的生活节点,同时也是这个家庭中每一个人的生命节点。这一年无疑是这个家庭最困难的一年,家中修建祖屋欠债难还,以致年三十的团圆饭都没有荤腥,父亲没有出门和牌友小乐,母亲冒雨挨个给借钱的亲朋好友送菜,希望过年期间不要来讨债,大哥考上大学发愁学费,大姐顾念家庭要求辍学,小妹尚小闹着要吃肉,而"我"偷偷切块祭拜祖先的卤肉给了小妹,看着母亲因为淋雨高烧、看着父亲偷偷抹泪却束手无策。这一年的年三十,对于这个家庭中的每一个人,都是苦不堪言的情感记忆,宛若一个心结难以解开,让人读之不禁为其忧伤:这一大家人的明天在哪里?雨停了天晴了,并不代表所有的困难不复存在了,可是作者就这么轻描淡写化解了,每一个人对未来依然心怀希望,一个家庭对未来依然抱有坚定不移的美好憧憬。父亲母亲对于苦难的隐忍倒在其次,乐观的生活态度才是影响孩子精神生活的支点。作品也因为这神奇的一笔,一扫全篇的阴霾压抑气氛,字里行间透着丝丝缕缕的暖阳。该书以家庭传统题材、另类服务系列、徐三系列及工地、社会题材为主,直面剖析社会现象和人性问题。

阿社属于年轻一代的实力派作家。《英雄寂寞》入选作品较全面反映了作者近年来的创作成就和艺术风格。其作品生动传神,寓教于乐,在轻松的阅读中给人以美的享受。时下,系列写作逐渐成为诸多作者选择的一个创作方向,以此架构一个具有自我标识性的文学属地。游迹于庞杂社会,或名或利的诱惑,人自然难以免俗,于是阿社的《包装时代》应运而生了。包装什么?名誉、头衔、身份等等，只要你想到的都可以有，甚至你没想到的也可以有。作品以人物的各种生活需求、社会需求、人生需求为线索，对主人公实施了一系列的改头换面行为，成功地将老师被包装成了大师。显然，包装师擅长攻心术，他深谙人们的欲望和浮夸心理，加上巧舌如簧，不仅利用包装身份满足了人物的虚荣心，还让其人性继续膨胀到不可一世，读来触目惊心。阿社的包装系列可谓琳琅满目，写实不失荒诞，揭示直抵人性。生活无小事，处处皆民生。

官场题材是陈耀宗创作的侧重点，《寻找嘴巴》中形形色色的官场人物活灵活现，语言或犀利或诙谐或调侃，但是归根结底还是在探究官场的生存法则，无外乎描绘官场为人处世的谨小慎微，甚至扭曲的生存心态。人际关系历来都是官场交流中不可避免的焦点，《人前人后》化繁就简，三人为例，集中展示了一个办公室中明争暗斗的有趣一幕。科长、科员甲、科员乙都是笔杆子，时有文章刊发，闲来两两互评，阿谀奉承乃至互相褒奖，而不在场的第三人就无辜中枪了。互损的结果只有两败俱伤，只不过大家已经习惯了这种官场游戏，人前人后，倒是彼此相安无事。"后来，好像什么事情也没有发生过，三支笔杆子似以往那样，两两对答着。一到三人都在一起，就不晓得说什么才好。"作者深谙官场生态体系，娓娓道来不失诙谐成分，讽人前的道貌岸然，嘲人后的阴暗猥琐，宛若上演了一出新时代的官场现形记。

胡玲是惠州市的小小说新秀，她的《心花朵朵》，是其几年来创作的结晶。该书细腻地描绘出人性的种种形状，开掘着人性的丰富内涵，用阳光的心态传达积极健康的能量，以接地气的文字书写社会底层小人物，如农民工、小贩、司机、临时工、保姆等，描写他们的生存之痛，他们的窘状、尴尬、困扰与快乐。胡玲还善于挖掘人性背后的束缚甚至异变，发现人的弱小和缺陷，以不同的文学视角写出"完美人物"的与众不同之处。比如《英雄之死》便是这个大背景下诞生的一篇作品，它意在警惕和呼唤：人，最终要成为"人"，而避免成为某些先入为主的观念的祭品。

在这次出版的《岭南小小说文丛》中，还有一卷要引起我们特别的注意，那就是《桃花流水鳜鱼肥——惠州市小小说 10 年精选》。这本由著名小小说评论家雪弟主编的作品集，收入了惠州市小小说作家的 63 篇精品力作，可以看作是"惠州小小说现象"的最好诠释。雪弟先生对广东小小说事业的不懈推动，值得尊敬。

《岭南小小说文丛》的出版，一定会成为 2017 年全国小小说领域的大事之一，也是一件值得广大小小说读者期待的事情。

是为序。

（作者系河南省作协副主席，中国小小说事业的倡导者、组织者，著名评论家）

目 录

知 音

董副镇长前几年开始有了新的爱好，就是在业余时间学拉二胡。由于缺乏名家指点，他虽然勤学苦练了三年多，但二胡的演奏技艺顶多是"半桶水"。

然而，在董副镇长本人看来，至少眼下他的二胡演奏水平在全镇没有人敢和他争第一。于是，每天晚饭后，他总喜欢邀来几名同事（下级）到自己的宿舍，煞有介事地拉上几首曲子。有趣的是，每次演奏完毕，他总是很谦逊地征询同事的意见："我拉得怎样？感觉如何？"如果你未置可否，他就会说你不懂欣赏；你若给他说几句好听的，他的脸上就会浮现出一丝浅笑，嘴里却连声说你是他的知音。

不久前，市里要求各镇组织一支业余文艺宣传队，利用晚上的时间进村宣传社会主义新农村建设。董副镇长立马找到了镇党委宣传委员，毛遂自荐参加镇业余文艺宣传队的演出，参演节目嘛，自然是他最拿手的好戏——二胡独奏。

镇业余文艺宣传队第一晚的演出，安排在全镇最边远的寨坑村举行。还不到 8 点钟，方圆十里的 800 多名男女老幼，就已经把村里唯一的一个篮球场挤了个水泄不通。

8 点整，带队的宣传委员作了简短的讲话后，演出便开始了：歌舞、曲艺、小品……各类节目交替表演，锣鼓声、器乐声、歌声、笑声、掌声，此起彼伏，一个原本僻静的山村顿时变成了欢乐的海洋……

　　轮到董副镇长上场了,他演奏的第一首是名曲《赛马》。或许是因为镇长登台演奏,一曲终了,掌声很热烈。第二首是名曲《江河水》。不知道是还没有完全把握这首曲子的演奏技巧,或是谱记得不太熟,还是音没有调好。董副镇长拉得颇费劲,断断续续的,还时不时走调,有时声音虽然很悲切,但又很刺耳。所以,村民大多反应平平。唯独在球场边临时搭的舞台的东北角上,有位年近七旬的老太太,听着听着,竟然号啕大哭起来……不少村民被这突如其来的哭声打动,禁不住把目光转向这位年迈的老太太。

全民微阅读系列

见此情景，董副镇长有点激动地拉完了最后一个音符，内心感叹不已：真没想到在这边远的山村，竟也有这样非同一般的知音啊！

散场后，村主任领着董副镇长找到了这位老太太："七叔婆，这是董副镇长，他说你是难得的知音，很想见一见你。"

"老大娘，我刚才拉《江河水》时，你老人家哭得这么伤心，你是怎么听懂这首名曲的？"董副镇长谦恭有礼地问。

老太太抹了抹还有些潮湿的双眼，带着淡淡的哭腔说："哦，这位同志哥是镇长呀？我同你说呃，我真的不晓得你说的什么'滋阴'（知音）呀、'明渠'（名曲）呀，也不知道你拉的是什么水，只是你刚才锯那个什么物件时弄出来的声音很凄惨，觉得十分耳熟，我听呀听呀，终于想起来了，这声音同我家前几日那头得了重病的良种老母猪临死前发出的惨叫声太像了！你想啊，那头良种老母猪可说是我家一宝，一年到头能生两窝猪崽，每窝都有 10—12 头小猪崽，每头小猪崽养到二三十斤时卖出，如遇价钱好，两窝猪崽能卖五六千块钱哩！这可不是个小数目哟！如今老母猪死了，一年就少了五六千块钱，这真令人伤心啊！这么想呀想呀，我就忍不住哭了……唉，镇长啊，让你见笑了！"

听完老太太这一番话，董副镇长的脸一阵红，一阵白……

（原载 2007 年 8 月 12 日《南方日报》，入选《中国小小说典藏品》系列丛书之第 6 辑）

找的不是你

夜来,两位长者在某公园一隅闲聊。

年过六旬者长舒了一口气:"唉,常言说得好哇,'往事悠悠,岁月如流'。转眼间,在政坛上已摸爬滚打了大半辈子,现如今总算安全着陆了,正所谓'无官一身轻'啊。不过,说来不怕您老见笑,有一事还不甚明白。"

"啥事想不明白?"年近七旬者似不经意地问道。

年过六旬者慢条斯理地说:"想当年,我在位时,几乎每天家里门庭若市,眼下可是门可罗雀啰,真不知道是咋回事!"

"此事要说复杂也复杂,要说简单也简单。"年近七旬者似有点忍俊不禁。

年过六旬者一愣:"此话怎讲?还请赐教。"

"你是当官当蒙了吧?试想一下,当年你身为局长,人家登门找的是局长,而不是你。而如今,你已是平民一个,人家还找你做什么?"年近七旬者意味深长地说。

(原载 2008 年 4 月 2 日《羊城晚报》,入选《中国小小说典藏品》系列丛书之第 6 辑)

睬你都傻

那年年初，老关到东埔镇任镇委书记。

一年后，省里某报纸在头版登了一篇题为《一年办成了十件实事》的通讯，报道的是东埔镇委关注民生的事迹，署名是"本报记者李平"。

第二天，在全县镇委书记会议上，县委书记在讲话中特意提到了那篇报道，把老关表扬了一番。

那两件事，令老关高兴了好几天。

一天下班前，老关向镇党政办公室主任小孟打听李平是何方人氏？

小孟说："李平是本镇人，前些年大学毕业后，在省里某报社当记者。十多天前，李平来镇里采访，恰巧你去市党校学习。后来，他采访了镇长和镇、村一些干部。"

老关听后再三叮嘱小孟，李平再来东埔镇，一定要好好感谢他。

这天上午，小孟把一位客人领进了老关的办公室："关书记，这是李平记者，说有事找你。"

老关满脸笑容地说："哎呀，久闻大名，早就想好好感谢你了，快请坐……"

"关书记，先别感谢我，有喜报喜，有忧报忧，这是记者的职责。我今天来想请你看一份材料，也是征求你的意见。"说着，李平把材料递了过去。

老关接过材料一看，只见两行大字赫然在目："岭背村干部集体贪污征地款数十万，村民上镇多次投诉没有下文为哪般？"老关不禁倒吸了一口冷气，笑容顿失。这份材料虽不满千字，但他足足看了半个小时，尔后，满脸疑惑地问："李记者，此事属实？"

"关书记，不瞒你说，这是我收到举报信后，在作了比较深入的调查，掌握了大量证据的基础上写的内参。希望你能重视此事，速派人查处。十天后，我还会来，到时如无结果，我就将材料送上去了。"李平心平气和地说。

老关从李平的话语中，嗅出了其中既重且急的味道，但内心仍然半信半疑，本想再说些什么，却收敛了笑容："李记者，你放心，我一定速派人查清此事。"

十天后，李平重返东埔镇。他先到岭背村转了一圈，再找到老关，询问查处情况。

老关板着脸答复道："李记者，我已派人查过了，只是好些事实有较大出入。"

李平仍很平静地说："看来，只好履行我的诺言了。"

时隔半月，对李平写的内参，各级领导先后作了批示，县政府分管领导和县有关部门负责人专程到东埔镇督办。老关只得迅速组织工作组，经过二十多天的努力，彻底撕破了情面（岭背村支书是老关的堂弟），查清了岭背村的干部集体贪污征地款一案，该处理的人处理了，该追回的款项追回了，该退还给农民的征地款也退还了。由于有了令上级和群众满意的结果，加上老关与此案并无直接的经济利益的瓜葛，老关的乌纱帽总算保住了。

然而，每每想起这一个多月来颇为狼狈的经历，老关心里对李平总有一种莫名的恼怒。

就在此案画上句号的第二周的一次全镇干部大会上，老关在讲话中借题发挥，把李平大骂了一通之后，大声宣布李平为"不受欢迎的人"。

这事在东埔镇传得沸沸扬扬。

两个月后的某个周六的下午，李平回老家，顺便拜访了老关。

老关干笑着说："李大记者，又来写什么内参了？这一回，东埔镇不欢迎你。"

"关书记，不管你欢不欢迎，还是要请你今后多多支持。"李平不卑不亢地回答。

老关没有听出李平的话外之音，脸色铁青地说："你写内参又咋的，东埔镇委书记还是我！多多支持？哼！睬你都傻！"丢下这话后，老关扭头扬长而去。

翌日上午，老关到县里参加县直各单位和各镇党政一把手会议，一进会场，突然看见李平坐在主席台上，不禁一愣。

少顷，县委书记朗声说道："会议开始前，我先宣布一件事：上级决定派研究生、省报记者李平来我县挂职任县委副书记。县委考虑到东埔镇是重点镇，决定李平除了分管其他一些工作外，挂点联系东埔镇……"

县委书记的话还没说完，只听"嘭"的一声脆响，老关一下子瘫倒了……

（原载 2008 年 4 月 27 日《南方日报》，入选《中国小小说典藏品》系列丛书之第 6 辑）

一瓶名酒的自述

哟嗬,你问我是谁?府上哪里?实不相瞒,免贵,小姓路,名十三,草舍原居海外。至于具体哪个国家就不必介绍那么详细了吧。反正,我好歹是许多人喜欢的,算得上酒类家族中的精品之一。

也记不清是什么日子起程的,我漂洋过海,乘飞机,坐轮船,躺小车,好不容易不远万里地来到了中国沿海的某县城,正好赶在春节前夕,在一个叫什么天地的酒庄落了户。唉,七拐八转地一路颠簸,我浑身的骨头快要散架似的,这下子总算可以美美地睡上一觉啰。

这天,当夕阳收起最后一抹余晖,一位中年男子走进酒庄,庄主迎上前戏谑地问:"木叔,记得你很少同烟酒打交道,今天是什么风把你吹来了?"

"没啥没啥,这不快过年了,买瓶好酒招呼客人。"

被称为"木叔"的男子一边嘿嘿笑着,一边东瞄西看、左挑右选,最后竟在林林总总的数十种酒族中选中了我。

"这是什么酒?"

"啊,你还真有眼力,这叫路易十三,是名酒。"

"不会有假吧?"

"开什么玩笑,如假包换。"

"多少钱?"

"嗨，按理说，临近春节，烟呀酒的都提价了，咱俩是老熟人了，这样吧，就照平时的价，取个好兆头：8800元吧。"

"哟，这么贵呀！"木叔皱起了眉头，摇了摇头，又犹豫了片刻，终于付了钱，把我拎着（不，准确地说，是抱着），脚步匆匆地离开了酒庄。

回到家里，木叔有点无奈地对一位年纪相当的女士说："唉，老婆大人，要不是咱俩事先商量好的，不可'临时抱佛脚'，必须提前为来年大学毕业的儿子找个好工作先铺好路，还真舍不得花这些冤枉钱呢！"

吃过晚饭后，木叔喃喃自语："也不知真假，如假包换也得有个凭证什么的。"说完，他在我那精美的包装盒上做了个什么记号，便拎着（不，还是抱着）我往一位管人事的局长家走去。

木叔到了局长家，局长热情地招呼，上茶。木叔半吞半吐地说明了来意。局长说："这是瓶好酒，可太贵了，自己的酒瘾不大。"于是，再三谦让。木叔毕恭毕敬地说："小小意思，不成敬意，快过年了，局长就给一点薄面收下吧，小孩来年工作的事就有劳局长多费心了。"最后，局长还是半推半就地把我收下了。

夜里大约11点钟，正在打盹儿的我隐隐约约听见一位女士（想必是局长夫人）在打电话："喂，是金老板吗？你在酒庄吗？……在呀，今天收到几瓶好酒，就照前几天的价……好的，这就给你送过去。"说完，她便用小车把我和另外几瓶酒一起送到了一家酒庄。

我抬头一看，哟嗬，这酒庄和庄主都熟口熟面的，心里不禁有点纳闷了：从酒庄—木叔家—局长家—酒庄，兜了一圈，我咋又回到了原来的酒庄？

几天后的一个下午，酒庄来了一位男士，我很快就认出来了,这不就是前几天把我买了去的木叔吗?此刻,木叔与金老板打了一阵哈哈,并照前几天的价付了钱之后,竟神差鬼使般地又选中了我。木叔小心翼翼地抱着我,左看看右瞧瞧,少顷,也许是认出了包装盒上那个不怎么显眼的只有他自己才晓得的什么记号,顿时表情复杂,满脸问号:"这就奇怪了,明明几天前本人亲自送去那管人事的某局长家里的,怎么又……"

当晚,木叔再一次拎着(不,仍然是抱着)我往一位管教育的局长家走去。

一路上,我的思绪随着木叔那显得有点沉闷的脚步声而翻腾着:不知道这一位局长是否像前几天那一位局长那样打发我?也不晓得来年夏末,木叔能否如愿以偿?唉,如今的人哪……

(原载 2008 年 4 月 28 日《羊城晚报》,被 2008 年第 13 期《小小说选刊》转载,入选《超人气现代名家小小说》系列丛书之《幸福的轮回》一书)

哑巴吃黄连

亚蓝干过多种行当：演员、商人、教师……到某局当局长也已六年有余。平日在局里，蓝局的四方脸上总是挂着一丝浅浅的类似皮笑肉不笑的笑容，局里人都说他是个城府很深的头儿。

那年年初，蓝局召集局领导班子会议集体研究，决定推行上班打卡制度。三个月后，蓝局在局领导班子会议上谈及打卡的话题，主管人事的卜副局长说："进展还算顺利，上班懒散现象已明显改变。只是极少数人颇有微词，特别是前年年底调进局里的转业军人、人秘股的副股长亚标牢骚不断，说行政单位不是企业，上班打卡纯属'脱裤子放屁——多此一举'，在局里影响很不好。"其他几位班子成员听了，都建议对亚标进行批评教育。

蓝局听后，脸上挂着一丝浅笑："上班打卡，是行政部门学习现代企业管理经验的新尝试，当过兵的人性情耿直，发些牢骚可以理解。这样吧，上班打卡不能动摇，老卜找亚标好好谈谈。"

到了七月中旬，局党支部召开民主生活会，照例是以表扬和自我表扬为主，气氛还算热烈。会议快要结束时，出乎预料的是，亚标竟指名道姓地批评蓝局年初工作部署多，平时检查督促少，有些工作落不到实处。

亚标一说完，不少人都为他捏了一把汗。细心的党员留意到，一片阴云瞬间从蓝局的脸上掠过，但很快恢复了一丝浅笑。会议小结时，蓝局特意表扬了亚标敢于开展批评。

晚上，同在局里工作的蓝局夫人向蓝局吹起了枕边风："这亚标上一次对上班打卡诸多非议，这一回又当众拆你的台，该是给他一点颜色的时候了！"

蓝局仍是满脸浅笑，说："他总有'哑巴吃黄连'的一天。对了，你知道什么叫'哑巴吃黄连'吗？"

转眼又过了几个月，县委组织部派人到局里考核局领导班子，汇报、座谈、调查……一切均按程序进行。

几天后，考核小组与蓝局交换意见。组长老邢先是说绝大多数同志充分肯定了局里及蓝局本人的工作，并一一列举了许多成绩，然后讲些鸡毛蒜皮之类的问题，但其中两点意见有些刺耳：一是局领导作风不实；二是局里用人存在"不跑不送，原地不动"的现象。

说实话，蓝局并没在意老邢讲了多少成绩，倒是那两点意见令蓝局绞尽脑汁想了一个晚上：很明显，这是冲着自己来的。可提问题者又会是谁呢？难道又是亚标？

第二天，通过多方打听，蓝局很快证实了自己的猜测，心中很不是滋味。

当晚回到家里，蓝局夫人又在蓝局面前吹风："这亚标总是往你头上扣屎盆子，事不过三，如果不整他一家伙，你这个局长就甭当了。"

蓝局似不经意地说："反正快年底了，且让他过个安乐年吧。"借着灯光，蓝局夫人仿佛是第一次从蓝局的脸上看到了一丝浅笑过后的阴沉色彩。

春节后不久，局里对单位人事作了一些调整。有五名股级干部均是在局机关内部轮岗，唯有亚标提了一级，调离局机关，成为虎崖镇所的一所之长。

这晚，蓝局夫人喜形于色地对蓝局说："哎，亚标私下对人说，你不计前嫌，反给他提了一级，说要谢谢你哩，你这招真绝。不过，你把他弄到全县最边远的地方去，不怕别人说你玩的是明升暗降的把戏，搞打击报复？"

"有把提拔说成打击报复的吗？哼，只要我当局长一天，他就休想有回局机关工作之日。"蓝局脸带浅笑地继续说："其实，他现在也没弄懂，但等到弄明白了，有苦也说不出。老婆大人，还记得我曾问过你什么叫'哑巴吃黄连'吗？哈哈……"

（原载 2008 年 6 月 9 日《羊城晚报》，被 2008 年第 16 期《小小说选刊》转载，入选《超人气现代名家小小说》系列丛书之《幸福的轮回》一书）

批判会

20世纪60年代一个清明节前的晚上,生产队队长旺叔一放下饭碗,就去找副队长七叔公。

一见面,旺叔就快嘴快舌地说:"七叔公,你知道,这年头自家养的生猪啥时候宰,都要上头批准。这阵子忙着插秧,没来得及去大队和公社食品站办理审批手续,明天就是清明节了,这队里100多户人家,如不宰头猪,恐怕不行吧?"

七叔公沉吟了好一阵,笑了笑说:"这样吧,我侄子大水养的一头猪约摸有300斤,就叫他明天清晨找人把那头猪宰了,每户人家就可买到两斤多猪肉了。要是大队和公社追究起来,我俩顶着,你说呢?"

旺叔思忖片刻,一拍大腿:"行,就这么办,你去同大水交代一下。"

第二天,全村家家户户都买了大水家的猪肉,高高兴兴地过了个清明节。

不知是谁走漏了风声,大水偷宰生猪的事,第三天便被人告到了大队,大队又报告了公社的食品站,食品站又报告了公社,公社很快传出话来,要到该村召开一次批判会,以儆效尤。

消息传到村里,旺叔把七叔公和大水叫到家中商量对策。

翌日,旺叔先到大队,后去食品站,再往公社,一路低声下气地说明原委,再三表示一定要教育社员下不为例,恳请取消批判会。

　　然而，任凭旺叔口水讲干了，还是于事无补。临离开公社时，公社财贸助理语气坚决地嘱咐道："尽管大水偷宰生猪经队里默许过，但审批权并不在队里。为教育社员，批判会不可不开，具体日期等候通知吧。"

　　回到村里，旺叔又一次把七叔公和大水叫到家中，坦然相告："求情已行不通了。看来，到时只好委屈一下大水了。"大水嘿

嘿笑道:"没事。顶多是违规,难道还能开除我的农籍不成?"

几天后,村里召开了社员大会,内容自然是批判大水偷宰生猪。大队的巩副支书、食品站的连副站长受公社财贸助理的委托,参加了大会。

大会一开始,旺叔首先粗声大噪地开了腔:"各位父老乡亲,今天我们召开大会批判大水偷宰生猪。什么叫偷宰生猪?就是没有经过大队和公社食品站的批准,私自把自己养的猪宰了。据公社和食品站的干部说,这就叫无政府主义。这事呀,不仅大水要斗私批修,而且我们每家每户都买了大水的猪肉吃,也要斗私批修……"

这时,人群中开始有些骚动,不少人在东张西望,窃窃私语……

少顷,旺叔大声宣布道:"请大家静一静,现在,请七叔公发言。"

"乡亲们,大水虽说是我的侄子,但我帮理不帮亲。大水啊,你的胆子也太大了,竟敢偷宰生猪,害得全村人买了你的猪肉吃,还要陪你开批判会。嗨,你以为你是谁?你既不是县级干部,县级干部可以餐餐吃猪肉;你又不是公社干部,公社干部可以天天吃猪肉;你也不是大队干部,大队干部可以墟墟(赶集日)吃猪肉;你只不过是一个普普通通的农民,过年时不是刚吃了猪肉吗?如今才过了几个月,怎么嘴就这么馋,又想吃猪肉了……"

未等七叔公的话说完,不知是谁带头笑出声来,转瞬之间,整个会场的嬉笑声此起彼伏……

这时,坐在主席台上的巩副支书小声地对连副站长嘀咕:"这叫谁批谁呀?"

见时间差不多了,旺叔满脸谦恭地对巩副支书和连副站长耳语道:"两位领导谁先做指示?"

巩副支书和连副站长几乎是异口同声地说:"不必啦!我们还有事,先走了,今天的批判会就开到这儿吧。"

(原载 2008 年 7 月 13 日《南方日报》,被 2008 年第 12 期《小小说月刊》2008 年第 20 期《小小说选刊》转载,先后入选《2008 中国年度小小说》《中国当代小小说大系》《21 世纪中国最佳小小说》《超人气现代名家小小说》系列丛书之《幸福的轮回》,以及《一种美味》《简单爱》等书,入选杨晓敏《小小说 300 篇鉴赏》(282))

打　折

一群身穿制服的人在镇上的京都饭店梅兰厅点菜。餐厅部领班满脸笑容地问："请问你们是哪个单位的,谁是领导？"

程大海一脸诧异："来此消费还要问这个？"

随行的庄小明随口答道："我们是 A 所的，这是新来的程所长。"

"对不起！我是新来的领班,我们老板说了,从今天起,凡 A 所的人来就餐,恕不接待。"领班仍然满脸笑容地说。

"这就奇怪了,有钱不挣,这是为啥？"庄小明似有点光火。

领班还是满脸笑容地说："很抱歉,这是老板交代的。"

"请把你们老板叫来。"程大海依然不动声色。

领班立马拨了手机。几分钟后,饭店老板夏有财到了。

听了领班的介绍,夏有财很有礼貌地说："真不好意思！也许是我们饭店的饭菜味道好,A 所这些年一直在本饭店搞接待,但都是签单,说是有拖没欠。结果呢,两任所长都拍拍屁股走了。前些天,又一任所长调离。几年下来,共欠餐饮费十多万元。我们是小本经营,再这么下去,非关门不可。前几年,邻镇有家饭店硬是给镇政府和其他一些部门签单签倒闭了。实属无奈,才出此下策,还请程所长见谅。"

程大海一脸复杂的表情。少顷,婉言道："夏老板,今天这一顿付现钱。往后,我们所凡在这里接待都用现金付账。至于以往的欠账，我们过几天约好时间商量一下怎么处理，好吗？"

夏有财喜出望外地说："哎呀，真难得程所长如此大义！好哇，过几天我一定登门拜访。"

这晚，夏有财提着烟酒，依约来到程大海的住处。

寒暄几句后，程大海直奔主题："夏老板，这烟酒你拿回去。这沓单据就不必再点了，我已叫所里的会计到饭店核对过了，这几年欠下你们饭店的饭菜和烟酒款共 119999 元。对吧？请放心，我虽说是'新官'，但一定要理'旧事'。我已想好了两个办法：一是细水长流；二是打包处理。"

"嗨，欠款总数没错。但啥叫'细水长流'，啥叫'打包处理'？你就直说吧。"夏有财似乎有点急了。

程大海呷了一口茶水，继续说："所谓'细水长流'，就是认总数，从本月起，每月还 500 元，直到还清为止；所谓'打包处理'，就是参照时下银行部门处理历史欠账的打包做法。说白了，就是打折，我们折半结算，只认 6 万元，从本月起，每月还 5000 元，一年内还清。你看哪个办法好，也可迟几天答复，到时再签个协议。"

夏有财边听边在心里盘算着：还算这程所长讲点良心，对半折成 6 万元，一年便可搞定。只是咱是私人生意，不比银行，近 12 万元欠款折掉一半，也太冤了……可每月还 500 元，要 20 年才能还清，这要挨到猴年马月哟……'十赊不如九现'！思来想去，权衡再三，心有不甘又无可奈何的夏有财只好说："行！打折就打折，我就吃一回'生猪肉'吧！"

签了协议的那一夜，夏有财将此事告知妻子，妻子顿时火冒三丈："那好，咱也回敬他一下，日后凡 A 所的人到饭店就餐，饭呀菜呀，也统统打折，煮个半生不熟得啦！"

夏有财强忍住笑:"这是气话,使不得。再说,要回敬也得找个合适的办法和机会。"

说来也巧,机会转眼就来了。

春去夏来,程大海任所长不到半年,恰逢镇里开展万众评公务活动。这晚9时许,夏有财刚从饭店回到家,A所就派人送来了两份百分制征求意见表,夏有财明知故问:"啥叫百分制?"

来人一本正经地解释:"百分制就是表内共设10项评价内容,每项10分,如每项打10分,总分就是100分。我们所长特意交代,这两份表一份是所里的,一份是所长个人的,填写时,一定要实事求是,在你心目中值多少分,你就打多少分。当然,能打高分更好。"

夏有财嗤笑道:"这好办!我就向你们所长学习,填这两份表,都给打个6折。所里的和所长个人的均同等待遇,两份表每项都打6分,总分也一样,都是60分。你们所长喜欢打5折,我还多打1折,这也够意思了吧?"

来人听了,真不知该说啥好。

(原载2008年10月16日《南方日报》,被2008年第24期《小小说选刊》转载)

专项经费

　　某日,海滨镇接到县里的通知:半个月后,市、县将联合组织规格较高的检查组,到你镇东头村新农村建设的示范点进行检查和调研,请务必认真做好准备工作,确保这次活动圆满成功。

　　当晚,海滨镇镇委、镇政府立即召开了镇两套班子成员紧急会议,经过认真讨论,为确保各项准备工作落到实处,决定由镇委邬书记任总指挥,龙镇长任副总指挥,下设现场、卫生、写作、接待、保卫、礼品等六个小组,分别由一位镇领导任组长。明确了各组的任务后,大家就县里提供的检查组人员名单,对礼品又作了具体研究,确定分两个等次:检查组处级干部3名(含1名处级待遇干部),每人发980元的照相机一部;科级以下干部(含司机)共10名,每人发300元的农副产品一袋。

　　于是, 从第二天开始,6个小组按照镇委、镇政府的统一部署,各司其职,紧锣密鼓地运作起来,所有工作人员都紧张而有序地投入到各项准备工作中……

　　十多天后的一个下午,镇委、镇政府两套班子成员又一次召开了紧急会议,认真听取各组的汇报。尔后,邬书记和龙镇长对各项准备工作,又逐一进行实地检查。见确实已经就绪,邬书记和龙镇长双双特地去理了发,说是要以崭新的精神面貌迎接检查组的到来。

　　然而, 就在检查组原定进入海滨镇的那天上午10点半,镇党政办公室主任小邢突然接到县里的紧急通知：检查组因故不来了。小邢立马报告了正在书记办公室商量工作的邬书记和龙镇长。

龙镇长和邬书记小声嘀咕道："因故不来了？岂能如此草率？""嗨，你就别发牢骚了！反正此类事也不是头一回了。""那午餐和礼品怎么处理？""我们研究一下吧。"

于是，镇委、镇政府两套班子成员召开了第三次紧急会议，迅速研究和决定了两件事：一是中午镇政府食堂的饭菜从 5 桌增至 9 桌，镇里所有在家的领导和干部，以及各组（含部门和东

头村抽来的)人员,统统到镇政府食堂就餐;二是礼品的处理方案如下:原已购照相机3部,现补购10部,镇两套班子13位成员人手一部;原已购10份农副产品,现补购43份,在家的29名干部和其他24名(含部门和东头村抽来的)各组成员人手一份。

中午,镇里在家的两套班子成员、其他在家干部以及各组成员,准点在镇政府食堂坐满了9大桌,酒足饭饱之后,每人兴高采烈地领到了一份礼品。

第二天,镇政府的财会人员小芬与镇党政办公室主任小邢相约一起请示龙镇长。小芬说:"这次为做好迎接检查组的准备工作,东头村的现场(包括维修两条村道、搞好全村的绿化、美化)以及搞好墟镇环境卫生等,花了35600元;午餐费和买礼品花了37640元。这两笔钱特别是午餐费和买礼品的开支,以什么名义报账?"

小邢紧接着补充道:"还有一事请镇长拍板。那天午餐,在家的干部吃也吃了,拿也拿了,但当时还有5名干部出差在外,是否应考虑给他们安排一顿饭,每人补发一份礼品?"

龙镇长一听,心中犯难了:检查组没有来,却前前后后开销了7万多元。对那5名干部如果不安排,说不定还会惹来一些麻烦……想到这里,龙镇长悄声对小芬和小邢说:"这可不是小事,我和邬书记商量商量再说吧!"

当晚,镇委、镇政府两套班子成员召开了第四次紧急会议,专题研究了小芬和小邢提出的问题。尽管起初有2位成员持有不同意见,但最终还是依照少数服从多数的原则,形成了决议。

翌日中午,镇府食堂按照那天午餐的标准,专门为5名干部安排了一桌饭菜。饭后,每人都满脸堆笑地领到了一份礼品。

下午刚上班,龙镇长就在小芬重新核准后送来的75740元

（已加上 5 人饭菜和礼品钱）的支出单据上，郑重其事地挥笔写下了两行字："经镇委、镇政府两套班子成员集体研究后一致决定，此款作为新农村建设（示范点）的专项经费，同意予以报销。"

（原载 2008 年第 22 期《小小说选刊》，获全国反腐倡廉小小说征文大奖赛优秀奖，先后入选《全国反腐倡廉小小说征文大奖赛获奖作品集》《官事》《2007—2008 广东小说精选》《失眠者》等书）

报谁好

县里比较热门的某局一位副局长因到龄退居二线，局里就空缺一名副局长人选配备一事请示县里。县里很快明确答复：人选由局里内部产生，并指示要抓紧确定人选上报。

消息传开，局里凡认为自己够条件的股级干部纷纷四出活动：有的找局长；有的跑县里；有的奔市里……

"报谁好？"局长老纪经过一番深思熟虑，召集局领导班子成员集体讨论决定：公开竞选空缺副局长人选，并迅速制订了实施方案。

于是，局里按照实施方案认真组织实施：第一轮笔试，从十多位竞选者中筛选出 6 名；第二轮面试，又选出了 3 名；第三轮综合考核，3 人均各有千秋。局领导班子成员讨论时，各持己见。最后，老纪一锤定音：报业务股股长小岑。理由是小岑年纪轻，学历高，又是局里的业务骨干。当然，还有一条，老纪没有明说，小岑是老局长的女婿。一散会，老纪就交代人事股明天将人选及相关资料上报县委组织部。

当晚回到家里，老纪喜不自禁地叫妻子多炒了两个好菜，拿出了多年珍藏的茅台，说是要多喝两杯。妻子忙问有何喜事。"嗨，局里一位副局长的空缺人选烦了我好几天，今天终于确定了小岑，而且既有民意，又合我的心意，正好可报答一下老局长当年的知遇之恩。"老纪说完，便端起了酒杯……

这时,手机突然响了,老纪一听,是县政府办公室的韦同志打来的,说是受某某副县长之托传个话,局里这次上报空缺副局长人选,可否考虑一下小陆?少顷,县委组织部的观同志又打来电话,说是部领导叫他过问一下,局里上报空缺副局长,有没有把小尚作为人选?

先后两个电话把老纪雷懵了。他把杯中酒倒入口中,冥思苦想了好一阵,旋即拨通了人事股长的手机,说,副局长空缺人选暂停上报,通知局领导班子成员明天上午9时召开紧急会议。

第二天上午,老纪向局领导班子成员简要通报了昨晚两个电话的大致内容后,字斟句酌地说:"县里两位领导并未直接出面,而是交代下属打电话,说的也很委婉,所提人选又是在3名之内,但话中含意想必各位都清楚。我昨晚想了个通宵,觉得这事还是请大家来共同决策,你们看究竟报谁好?"

话音刚落,老纪的司机匆匆忙忙走进会场,把手机递给老纪:"局长,县委办公室的申同志说有急事找你。"老纪接过手机一听,原来是传达某某副书记的意思,这次局里空缺副局长人选如果还未上报,能否给小董一次机会?待司机离去后,老纪立马向大家原话转达,并面露难色道:"小董虽是3名之外,却是某某副书记提的人选。大伙说说看,到底该报谁好?"

众人哗然。

经过近一个小时的争论,终于形成了决议:改报小董。至于其他两位县领导则由老纪负责做好解释工作。当天下午,老纪先去县委组织部,后往县政府,向两位领导逐一当面解释。两位领导一听是某某副书记的意思,自然也不便再说什么。最后,老纪找到某某副书记时,只说了7个字:"就按您的意思报。"某某副书记听了,脸上露出了一丝不易察觉的笑容。

返回局里,老纪交代人事股改报小董。当他如释重负地正准备下班时,又接到市局某局长打来的电话。市局某局长直截了当地说:"老纪呀,这次副局长的空缺,我看就报你们最初决定的人选。"

　　这又给老纪出难题了。无奈之下,他只好拨通了某某副书记的手机,嗫嚅着把市局某局长的话如实说了一遍,最后,请示报谁好。

　　某某副书记沉默了好几分钟,尔后,慢条斯理地说:"咋又变卦啦……既然你和市局局长都说好了,还来问我干啥? 不过,我可要提醒你,市局和县里哪个更直接? 你就好好掂量掂量,看着报吧! "

　　老纪一听,愣住了,好长时间都没回过神来。

　　(原载 2009 年 1 月 8 日《南方日报》,被 2009 年第 6 期《小小说选刊》转载,入选《有官在身》,以及《超人气现代名家小小说》系列丛书之《幸福的轮回》一书)

妙　招

祁教授依照上级的安排，定于周六晚上到大宝村作一个专题学习辅导报告。

"教授到村里来为村民讲课，这既是政治任务，也是咱村打从盘古开天辟地以来头一回哟。"老村主任为这事高兴了好些日子，还特意提前一天叫村干部分头挨家逐户地口头通知了两遍。

这天吃罢晚饭，老村主任便兴致勃勃地陪教授来到了早已布置好的课堂——村东头的大礼堂。然而，左等右等，时间已过9点，全村120户，600多口人，礼堂里竟坐着零零散散的几十号人。

更令老村主任尴尬的是，祁教授讲课时尽管引经据典，并力求讲得通俗些、生动些，但不到15分钟，村民们便你走我溜地散去了。

"实在不好意思，真想不到会是这样。"老村主任满脸虔诚地再三向祁教授道歉。

祁教授遭此冷遇，脸上有些挂不住。但仍不失风度地微笑着说："也许是我的课没讲好吧……"可那勉强的笑容却透露出沮丧的心情。

年轻的副村主任恭恭敬敬地对祁教授说："教授，不是您讲得不好，而是我们的工作没有做好。这样吧，恳请您再停留一天，明晚我们保证把全村人叫齐听你把课讲完，我发誓！"祁教授听了，虽然半信半疑，但思忖片刻后，还是答应了。

安顿好祁教授后，老村主任连夜找来副村主任："你小子有啥锦囊妙计，能把全村人叫齐哟？"

副村主任神秘兮兮地说："山人自有妙计。"尔后，满脸窃笑地同老村主任悄声嘀咕了一阵子。

老村主任听完，竟嘿嘿地笑了。

翌日中午，每户人家都陆续收到了一份书面通知。当晚8点，全村600多男女老幼都在大礼堂里坐着……

见此情景，老村主任与副村主任都心照不宣地乐了，祁教授的脸上也挂满了笑容。

这时，老村主任大声宣布道："各位父老乡亲，为了共享咱们村这么多年来的改革发展成果，今晚村委会也学学城里人，搞一个抽奖活动。现在，我作两点说明：第一，抽奖以户为单位，每户都有份，抽奖号码已写在各家各户中午收到的那份书面通知的左上方，相信大家都按通知要求，把通知带来了。抽奖分三个等次：一等奖10名，奖金是300元；二等奖20名，奖金是200元；三等奖30名，奖金是100元。第二，在抽奖开始之前，先请祁教授为我们作一个专题学习辅导报告，请大家务必专心听讲。凡中途退场者，视为抽奖弃权。下面，让我们以热烈的掌声欢迎祁教授为我们讲课！"

一阵雷鸣般的掌声过后，祁教授亮开嗓子开始讲课了。在这期间，村民们虽无一人退场，却见好些人在来回走动，好些人在交头接耳，小声议论着有关抽奖的事……

祁教授好不容易讲完了，老村主任宣布抽奖活动开始，人群中立马爆发出一阵又一阵的掌声、叫好声、口哨声……

20多分钟后，领到奖金的那些村民都喜笑颜开地陆续散去，祁教授拉住一位村民似不经意地问道："这位兄弟，刚才你听得清楚吗？有何感受？"

那位村民一本正经地回答："听是听清楚了，怎么选号码呀，抽奖分几个等次呀，各个等次奖金多少钱呀……书面通知已写得明明白白。刚才，老村主任又讲了一遍，怎会听不清楚呢？只可惜我家仅抽了个三等奖。至于说感受嘛，嗨……"

（原载 2009 年 2 月 16 日《羊城晚报》）

最佳人选

　　某电视剧组在海滨镇公开招聘演员已进入第 20 天了,男女主角和大多数角色均已敲定,唯有一名配角尚未找到合适人选。

　　这部电视剧艺术地再现了海滨镇 30 年改革开放翻天覆地的变迁。这位配角是镇党政办公室主任,在处理日常大量纷繁复杂的政务过程中,既要让镇委书记(女的)高兴,又要使镇长(男的)满意,还要协调好各种关系。角色要求为人精干,处事圆滑,反复无常,能屈能伸。倘若没有深厚的表演功底,实难以胜任。

　　尽管在这个近十万人口的古镇中,连日陆续前来应聘的有数万人之多,但始终没有一位适合演这配角的应聘者让主考官——这部电视剧的导演老辛满意。应聘者要么一招一式过于程式化,表演的痕迹比较明显;要么表演不够自然,过于夸张,似有做作之嫌……老辛不禁有点犯愁了。

　　"我可以试一试么?"这天下午,一位神情庄重的男子挤进了考场。老辛一看,来人约 40 多岁,年龄、长相及气质,都与角色比较接近,便不经意地说道:"你笑给我看看。"说来就来,来人立马喜形于色地嘿嘿笑了,紧接着,真笑、假笑、浅笑、微笑、窃笑、冷笑、奸笑、阴笑、苦笑、大笑、狂笑……随着各种笑容的一一真情演绎,现场的上千名观众和应聘者时而哈哈大笑,时而窃笑不已……

　　老辛也有点忍俊不禁了。少顷,他正色道:"你会哭吗?"来人竟瞬间声泪俱下地哭起来,并细腻地表演了真哭、假哭、喜哭、悲哭、干哭、冷哭、号啕大哭等各种哭态。待到他演至悲痛欲绝、失声痛哭时,现场竟响起了一片抽泣声……

老辛不禁双眼一亮,便进一步提示道:"假如你是镇党政办公室主任,当你第一次走进镇委书记的办公室,也是第一次与她见面,你该怎么演?"

老辛说完,来人很快就进入角色,只见他右手做了个轻轻敲门和开门的动作,尔后,三步并作两步,毕恭毕敬地走到书记的面前,先是正儿八经地鞠了个躬,随即露出一脸讨好的笑容,然后,肉麻地说:"哎呀,有幸拜识书记尊颜,可谓气质非凡,颇有大家风范。您来我镇任书记,此乃全镇人民之福也。我是镇党政办公室主任,日后还请多多关照。"

那惟妙惟肖的神态,那酸溜溜的语气,令不少观众在嗤笑的同时,都情不自禁地齐声叫好。考官们也都一个个微微颔首。老辛旋即继续发问:"有一次,镇长派你去办一件事,事后,镇委书记却将你叫到她的办公室,不分青红皂白地狠批了一顿。饱受憋屈的你,当时很想发作,也想解释,但权衡再三,又不能明说是镇长叫办的。结果,只能把眼泪往肚里咽,你能据此演示一下么?"

老辛话音一落,来人始而脸色缓慢地由黄转青,再由青泛红,继而,剑眉倒竖,屈辱的泪水在眼眶里直打转……嘴角嗫嚅,欲言又止……刹那间,他那双眸令人不易觉察地转了一圈,喉部像咽唾液似的轻微颤动了一下,脸上绷紧的肌肉戏剧般地松弛下来,进而转怒为喜,媚态十足地又是点头,又是哈腰:"都怪我,都是我的错!请书记相信我,下不为例!日后凡事都听您的。"

来人这一连串真实、自然,且形神兼备的表演一结束,不少观众和应聘者都禁不住轻声赞叹:"太精彩了……简直绝啦……"

"这是从哪里来的大腕，说笑就笑，说哭就哭，收放自如……能演得如此逼真、朴实、传神，还颇有层次感……不是位名演员才怪呢！"一考官脱口道："真是入木三分啊！"随即，掌声和笑声响彻了整个招聘大厅……

老辛也被深深地打动了："终于有了最佳人选。"他禁不住有些动情地问道："你演电影或拍电视剧多少年了？"

来人缓慢地摇了摇头。

"你是电影学院或是戏剧学院的老师或学生？"

来人又轻轻地摇了摇头。

"那你是干啥的?"

来人这才抿着嘴淡然一笑,柔声道:"说来不怕你笑话,这十多年来,我先后为好几个科级、处级的领导当过秘书。"

"啊……"在场的许多人都为之一愣。

"这样吧,这部电视剧的配角——镇党政办公室主任就由你来演,请你明天来签协议,然后到剧组报到。"老辛当即拍板。

"别别别……我来只是想验证一下自己的演技。至于协议则签不得,因为现如今我是一位副厅级领导的秘书,我可不想好端端地把自己的饭碗给砸啰!"说完,来人颇有礼貌地双手抱拳,满脸虔诚地向几位考官、应聘者和观众深深地鞠了个躬,尔后,扬长而去……

(原载 2009 年 3 月《作品》杂志,被 2009 年第 17 期《小小说选刊》转载,先后入选《超人气现代名家小小说》系列丛书之《幸福的轮回》,以及《职场那些事儿》《失踪者》等书,获第八届全国微型小说(小小说)年度评选一等奖)

杨晓敏点评:《最佳人选》中的"秘书",就是一个"有意味儿"的独特形象……此篇有黑色幽默之效,一个活生生地被官场生活"异化"了的小人物跃然纸上,让人啼笑皆非之余,难免喟然长叹(选自《当代小小说百家论》)。

雪弟点评:《最佳人选》描写了一个群众演员在考场上的具体表现……以充满反讽性的笔调书写了一个官员的真实人生。构思之独特,描写之独到,确实让人叹服(选自《显明或隐秘的机关叙事》)。

小陆的日记

小陆的运气真好，大学毕业分配到市里某大机关工作不到一个月，便成为某领导的秘书。

上任前一天，从政二十余年，曾当过秘书的舅父对小陆面授机宜：给领导当秘书，肯定进步快。但一定要放"机灵"些，好好为领导服务……

小陆上任后，时刻牢记舅父的叮嘱，谨小慎微地做好本职工作，做到心灵、眼明、手勤、脚快、嘴严，争取尽快成为某领导的心腹。

两个春秋后的一日，上级突然派人来市里调查某宗涉嫌违法用地的案件，某领导也在被调查之列，说是两年前的某一天，机关里开了个打擦边球的违法征地会议，有人举报说某领导曾到会参与了决策。某领导向调查组人员一再说明事情已过去两年多，一时也记不清了，自己作为副职，既不管国土资源，也不管财政，不可能参加那次会议。然而，调查组人员对此事始终半信半疑。

就在这关键的当口，小陆翻出了两年前的日记本，及时提醒某领导，两年前那次会议的当天，你并不在当地。大喜过望的某领导向调查组人员呈上小陆的日记本。调查组人员一看，那一天，某领导与另一副职领导一起去省里学习一星期，白纸黑字，记得一清二楚。经与另一副职领导核实后，调查组终于彻底排除了对某领导的怀疑。

　　某领导原想对小陆说声"感谢"，然而话一出口，说的却是："小陆呀，写日记是个好习惯，你要继续坚持下去啊。"内心里想的是，这回小陆确实帮了个大忙，看来，这个小陆还靠得住。

　　小陆的日记为某领导解疑一事，在市机关竟一时传为佳话。

　　此后，某领导一改以往的习惯，除公务活动外，办私事也无所顾忌地带上小陆同往。

　　转眼又一个寒暑过去，市里开业不到三个月的某豪华歌舞厅某夜突然发生火灾，酿成了9死16伤的重大安全事故。

　　这事惊动了省里，有关部门立马派来了事故调查组，并很快查明：这家豪华歌舞厅开业前夕消防安全检查并不合格，而分管消防安全工作的某领导却口头答应过边开业，边整改。当调查组人员找某领导谈话时，某领导却矢口否认有这回事。

　　当晚午夜已过，某领导仍辗转反侧，毫无睡意。恍惚之中，他猛然想起，当时小陆也在场，一向有记日记习惯的他不知有没有将"口头答应"一事记入日记里？于是，他立马拨打小陆的手机。

　　岂料，某领导的动作慢了好几拍，早在两个钟头前，精明过人的调查组已派人将小陆连同他的日记本一起带到了住处。尽管小陆再三否认某领导"口头答应"一事，然而，调查组人员已从小陆的日记本里清清楚楚地看到这么几则记录：

　　"某年某月某日上午9时，我陪领导下乡，刚走出办公室，领导被某豪华歌舞厅的老板拦住了。这位老板又喋喋不休地再三恳求准许其边开业边整改。匆忙之中，领导沉吟了好长一段时间后，最终说了句，'好吧，你就边开业边整改，但一定要抓紧落实。'"

……

（原载 2009 年 5 月 25 日《羊城晚报》，被 2009 年第 18 期《小小说选刊》转载，入选《2009 中国年度小小说》一书）

麻将春秋

岑局长自己也不太相信,一次偶然的机会,他竟学会了打麻将。

那是好多年前一个假日的晚上,岑局长携家人到隆昌饭店聚餐,酒足饭饱之后,见时间还早,儿子小放瞄了一眼餐厅一角的自动麻将机,便提议一家四口正好,不如放松一下,开台搓两圈,以享天伦之乐。

女儿小雪嬉笑着说:"好是好,只是你忘啦?老爸仅会打'拖拉机'。"

小放一脸讪笑:"现如今不会打麻将的,闲暇时兴许没有人跟他玩了。反正都是自己人,老爸不会不要紧,我们一齐给老爸办个麻将速成班,眼下都是打'跑马仔',很简单的,一晚包会,来吧。"

听小放这么一说,岑局长的夫人和小雪齐声说好。于是,3人连扶带劝地把岑局长拉到麻将机旁,一坐下,小放便认真地当起了"教官","老爸,这是万,这是条,这是饼,这是字牌……这叫清一色,这叫杂色……"

果然,不到两个小时,岑局长竟然基本掌握了打麻将的技术要领,而且懂得该如何设法顶上家,卡下家,防对家……

岑局长学会打麻将的消息传到了局里,有人很快给岑局长家送去了一台自动麻将机。于是,今晚人秘股的庄、吕、齐;明晚业务股的甲、乙、丙；后晚财会股的 A、B、C……单位里的几十号人凡是会打麻将的，都轮着到岑局长家开台。起初，纯粹是玩玩，后来渐渐地觉得不够刺激，便一、二、三、四十元（打麻将的术语），玩起真的来了，而且越打越大，还说是小赌怡情。

有人说，打麻将靠的是"三分手气，七分技艺"。也有人说，刚刚学会打麻将的人，往往手气特别好。或许是吧，岑局长每场必定是赢家，少则两三百元，多则四五百元，一个月下来，竟有八九千元进账。单位里的"雀友们"都说岑局长是麻将台上的"常胜将军"。

这晚，又是一场鏖战。待散场的"雀友们"离去后，见岑局长又大获全胜，夫人满脸灿烂的笑容："孩子他爸，又赢啦，你的手气真好。"

岑局长嘿嘿笑着，嘴上没说什么，心中却窃喜："麻将真可谓是千变万化，比打'拖拉机'刺激多了，既可消遣，又有收入。难怪春节期间，某大师说我印堂发亮，气色很好，近期有'暗财'哩。"

一晃，几年过去了，老岑退居二线。也许是老岑在位时人缘还过得去，闲暇之时，局里那些"雀友们"仍有好些人上门找老岑切磋切磋。按理说，经过这么多年的磨炼，老岑打麻将的技艺早已令"雀友们"刮目相看，但不知咋的，每场下来，老岑都是"孔夫子搬家——尽是书（输）"。

某周末之夜，局里几位"雀友"早早叩开老岑的家门，品过几杯清茶，战斗打响了，老岑家的麻将声便叽里咔啦地响个不停……开头几圈，老岑还略有微利。然而，到了下半场，形势急转直下，老岑老是放炮不说，就连"鸡和仔"也无缘和牌。最后，老岑竟又输得一塌糊涂。

"雀友们"走后，见老岑一脸沮丧的神情。夫人嗔怪道："孩子他爸,既然这么背,以后少开台,多看书报和电视吧……唉,说来也怪,人还是这些人,你的'牌技'这些年分明大有长进,可手气咋就大不如前呢? 真是活见鬼了。"

"嘿嘿……手气?"老岑表情复杂,继而用有点呆滞的目光看了看自己的双手,似乎想明白了什么,又想不太明白似的摇了摇头。

(原载 2009 年 4 月 20 日《羊城晚报》。被 2009 年第 18 期《小小说选刊》转载。入选《超人气现代名家小小说》系列丛书之《幸福的轮回》一书)

最佳人选

送"瘟神"

　　某局的温某,前些年凭着某种关系当上了副局长之后,不仅学会了训人、骂人,而且动不动就给人小鞋穿。有时候还喜欢搞些小动作,以致局里许多人都对他敬而远之,有人背地里干脆叫他"瘟神局长"。

　　那一回,局领导班子研究工作,当议题讨论完毕,温副局长提出某副股长要求安排其儿子工作一事。吕副局长认为某副股长的儿子高中毕业,如今局里有好几位一般干部大学毕业的子女尚无法安排,建议缓一缓再统筹考虑。安局长带头支持吕副局长的意见,其他班子成员都赞同迟些时候统筹解决。

　　一散会,温副局长便找到某副股长,掐头去尾,添油加醋地说只有安局长和吕副局长两个人不同意,还神秘兮兮地说:"千万别说是我说的啊!"这位副股长气急之下,气冲冲地先后跑到安局长和吕副局长的办公室大闹了一场。

　　吕副局长事后找到安局长,余怒未消地说:"这老温唯恐天下不乱,简直就是根'搅屎棍'。更要命的是,此类事已经发生好几次了,难怪咱局里好些人都叫他'瘟神局长'。"

　　安局长沉吟了好一阵,似不经意地说:"嗨,跟这类'瘟神'共事,真是倒了八辈子的霉了,来日若有机会,请他另谋高就吧。"

　　不久,县里准备调整一批干部。这晚,安局长把吕副局长和人秘股长约到办公室,一本正经地说:"县里决定对一批任期8

年的局长实行轮岗,一批已到龄的局长也要退居二线。姓温的觉得机会来了,便活动开啦! 有可靠消息说,过几天,县里要派人来局里考察他。你们二位都是管人事的,你们看,咱们这样好好操作一下如何?"

紧接着,安局长向吕副局长和人秘股长如此这般地授意了一番,他俩听后频频点头。

于是,从第二天开始,安局长认真地同局领导班子成员逐个地做工作,吕副局长和人秘股长分别找各股股长认真地打招呼,一般干部则由各股股长负责搞定,层层统一了认识:务必确保县

里派人来考察温副局长时，只说好话，全力推荐。

几天后，县考察小组到局里考察温副局长时，从局领导班子成员到股长、副股长乃至一般干部，对温副局长的看法竟然惊人的一致。考察小组得出的结论是：温副局长年富力强，综合素质好，各方面表现有口皆碑，可提拔任用。

当得知考察结果时，安局长不禁心中暗喜。

这天上午，局办公室接到通知，叫安局长去一下县委组织部长的办公室。安局长心想，这一回，把"瘟神"送走，恐怕是"三只手指夹田螺——十拿九稳"了。

安局长兴冲冲地到了县委组织部长的办公室后，组织部长笑容可掬地先对安局长多年来的工作赞扬了一番。尔后，字斟句酌地说："老安哪，假如我没有记错的话，还差三个半月，你到某局工作已8个年头了。上午县委常委会讨论决定，调你到某某局当局长。你的大局意识向来比较强，相信你能愉快地服从组织的决定……"

听到这里，安局长顿时愣了神：咋会是这样？他内心琢磨着某某局还不如现在的局舒心，不禁轻轻地叹了一口气……

少顷，安局长试探地问："部长，谁来接替我？"

组织部长说得挺干脆："这次考察，你们局里上上下下都对温副局长反映不错，县委决定由他来接替你。"

"啊……"安局长一下子好像掉进了冰窖里。

（原载 2009 年 5 月 5 日《南方日报》，被 2009 年第 18 期《小小说选刊》转载，先后入选《2009 中国年度微型小说精选》《超人气现代名家小小说》系列丛书之《幸福的轮回》，以及《中国微型小说名家名作百年经典》《失眠者》等书）

注：《小陆的日记》《麻将春秋》《送"瘟神"》一组 3 篇小小说，

被《小小说选刊》2009 年第 18 期以《机关三题》为题转载。该刊副主编寇云峰作了点评："机关题材的小小说为什么不好写？就在于不容易写得好看。把小小说写得好看,是作者最重要的本领之一。首先得用可观赏性吸引住读者,才谈得上什么内涵、思想、个性等等。海华的《机关三题》就写得好看,而且不是一般的好看,是让你笑过之后回味再三的好看……"

最佳人选

贵人扶持

小卜到东路镇政府工作了好几个年头,可还是原地踏步。一心望子成龙的老父亲请来了一位看相大师指点迷津。

大师问了小卜的生辰八字,仔细端详了小卜的五官,煞有介事地掐指算算,预言道:"卜先生天庭饱满,印堂发亮,保证能升官,一来是命里注定,二来近期有大贵人扶持。"

"'近期'是啥时候?'大贵人'来自何方?"老父亲再三追问。

"天机不可泄露。"大师一脸诡秘。

"蒙谁哪!"小卜从不信这个。

一周后的一天下午,小卜突然接到通知:晚上 6 点到镇里的昌鸿大酒店总统厅,有重要接待任务。

小卜准点步入昌鸿大酒店总统厅,厅里颇有几分神秘的气氛,令小卜有些犯傻:偌大的一张大圆桌,除一位派头十足的贵宾外,仅镇委书记、镇长和镇党政办公室主任在场。小卜一进来,镇委书记就把小卜拉过一旁悄声叮嘱道:"这位是我的上级的上级的上级领导,特能喝酒。今天独自来咱们镇,咱们一定要把他陪好,我们三位都不胜酒力,全靠你超水平发挥了。"

小卜心中暗想:这是自己多年来陪过的最高级别的领导了,莫非他就是那位大贵人?

晚宴结束,那位上级领导吃得满意,喝得开心,虽然两眼有些发红,舌头有些发硬,却没忘问小卜姓啥。镇委书记、镇长和镇党政办公室主任更是自始至终满脸挂着笑容，只是超水平发挥的小卜却被送往镇卫生院打了好几个小时的吊针……

数月后,到过东路镇的那位上级领导到了县里搞调研,进晚餐时,他再三问县领导:"小卜呢? 小卜来了没有? "

"小卜? 哪个小卜? "县领导一头雾水。

经细问，方知是东路镇府名不见经传的一般干部小卜。于是,遵照县领导的指令,东路镇府火速派车把小卜送到酒桌旁,又陪那位上级领导喝了个痛快。

送走了那位上级领导，县领导返回办公室独自揣摩了半个小时:全县这么多干部,为啥唯独问小卜? 酒桌上小卜竟无半点拘束,可见与那位上级领导的关系非同一般。上级领导再三说小卜不错,这分明是在暗示要重用小卜。再据现场观察,小卜的言谈举止也算得体,是个可塑之才。听话听音,看来,还是尽快把他安排好方为上策。

于是,十多天后,小卜被叫到县领导办公室。县领导告诉他,先去某局当个副职,后天就去报到。

小卜一听恍如白日做梦,一时竟不知所措。回到家里,小卜仍有些恍惚,觉得自己没跑没送,竟无故受到重用。此事似乎有些不可思议。

小卜上任后，牢记老父亲的嘱咐，常去那位上级领导家走动。那位上级领导偶尔来县里,也少不了叫小卜作陪。当他知道小卜已是县机关某局副局长时,又当着县领导的面,再三说小卜不错。这一来,县机关几乎无人不晓,小卜成了红人。几年后,"多年的媳妇熬成婆",小卜成了某局的局长。

或许是为了感恩,逢年过节,小卜任副职时常给那位上级领导捎些"小意思"。当了一把手后,除带些名酒靓烟外,礼金也悄然升至六位数。偶尔还弄些古董或名人字画，说是得讲点品位。

然而，小卜做梦都没有想到，就在小卜当上局长的第二个寒冬，先是县领导得到消息，那位上级领导因严重违纪被立案侦查。

后来，小卜也进了某看守所，缘由是办案人员从那位上级领导的家中搜出一件价值连城的古董，一查，竟是小卜所赠。办案人员乘胜追击，又查出小卜这些年来挪用公款送礼数额巨大……

那天，老父亲看着小卜被办案人员带走时，突然想起几年前那位大师的预言，不禁老泪纵横："那是位啥大……大贵人啊……"

（原载 2009 年 9 月 28 日《羊城晚报》，被 2009 年第 23 期《小小说选刊》转载，入选《超人气现代名家小小说》系列丛书之《幸福的轮回》一书）

补 课

那是在暑假期间的一次饭局上，盛平偶遇来自外市同是小学老师的老乡郎庆。闲聊中,听郎庆说日子过得挺潇洒,平时还有些额外收入。忙问有何秘诀。

“既然是老乡,我也不瞒你。”郎庆略作沉吟,便凑近盛平,如此这般地耳语了一番。

“这法子管用吗？”

“准保管用！在我们那里,这已经是公开的秘密。‘干哪行,吃哪行。’如今都啥年代了,你就别再一根筋啦！”

郎庆的一番话,令盛平茅塞顿开。新学年一开始,新任四年级一班班主任的盛平就试着按郎庆的提示，随意安排好学生的座位和小组长后,开诚布公地对全班新生说,今天安排的座位和小组长都是暂时的。一周后，将根据同学们各方面的“综合表现”,随时进行调整。请各位同学将这事回去后跟家长说说。

新生们回家向家长一汇报，反应快的父母第二天便拎着大包小袋往盛平家里跑……一周后，有些座位和小组长果真作了调整。

也有反应迟钝,没有去盛平家走动的新生家长。开学第一天当了小组长的小宗的家长便是其中之一。第二周的周一晚上,小宗回家见到母亲,小嘴巴噘得老高,说这几天来小组长当得好好的,并无什么差错,今天却无故被撤换了。

此事有些蹊跷了。小宗的母亲经四处打听，终于明白是咋回事。于是，第二天便匆匆给盛平送上几百元的购物券。令人啼笑皆非的是，两天后，小宗又"官"复原职。

消息一传开，又有一些家长陆续去盛平家，有捎两三百元各色礼品的；有带两三百元购物券的；有的干脆送上两三百元现金……哟嗬，粗略一统计，总值几乎相当于多领了两个月的工资！

尝到甜头后，盛平紧跟着实施第二步计划：又照郎庆说的办法，特意选出十四位学习成绩中上且家庭经济状况较好的新生，组织他们分批隔晚轮流上自己家里补课，每人每晚收补课费几十元。

转眼一个月下来，又是一笔可观的收入。

然而，却出了件麻烦事：小宗参加补课一周之后竟一连几晚不来了。一天下午放学后，盛平用近乎责问的语气追问小宗："为何不来补课？还想不想老师关照你？"

小宗支支吾吾了好一会儿后，才嗫嚅着说，自己学习成绩排在班里前十位，补课只是集中做作业。再说，晚上从家里到老师家要过好几条街道，爷爷奶奶和父母都担心不安全，请老师理解。

理解？身为小组长可以不来，如何稳住其他同学？盛平一气之下，又把小宗的小组长给撤了。并诸多刁难小宗。

"岂能如此为人师？"听了饱受委屈的小宗的哭诉，爷爷耐心地逐一询问了老师的姓名和哪里人等详细情况之后，终于决定到盛平家看个究竟。

这晚，小宗领着爷爷到了盛平家，一进客厅，只见六七名学生挤在三张小桌子上做作业，却不见老师的踪影。小宗的爷爷心里直纳闷：原来是这样补课。

经女主人再三呼叫,盛平才迟迟从卧室出来。小宗的爷爷借着灯光仔细打量了盛平好几分钟后,冷不丁地脱口而出:"想不到真的是你!"说完,满脸复杂的表情。

真是"人生何处不相逢"啊!当盛平也认出了小宗的爷爷时,突然像喝醉了酒似地涨红了脸,一时不知该说什么好。

原来,小宗的爷爷竟是盛平读高三时的班主任。那时,来自农村的盛平家境不太好,几次模拟考试的成绩又不太稳定。为了帮助盛平顺利考上大学,小宗的爷爷经常利用休息时间帮盛平复习功课,不但从未收补课费,还时常接济他……

(原载 2009 年 10 月 19 日《羊城晚报》。被 2009 年第 24 期《小小说选刊》转载。入选《超人气现代名家小小说》系列丛书之《幸福的轮回》一书)

最佳人选

老 艾

都说县殡仪馆的顶头上司——主管局长老艾口才了得,做人的思想工作更是颇有一套。

记得那年中秋节刚过,县殡仪馆的馆长老查找到老艾直抱怨:局里前段时间分配进殡仪馆的三位大学生老是闹着要调动,局长大人可否出面做做工作……

行! 改日我去! 老艾满口答应。

阳光明媚的一天下午,老艾到了殡仪馆。老查把三位大学生叫到会议室,闲聊几句便言归正传。老艾始而引经据典,说到革命工作无贵贱之分;继而从现如今随着人们殡葬观念的逐步转变,殡葬行业似乎已不像过去那么冷门了,说到这行业的实际收入并不差;再而——列举殡仪馆这些年来年年先进,说到工作人员中还出了不少县里、市里、省里乃至全国的英模人物……

见三位大学生听得有些入神,老艾话题一转,半开玩笑的继续说,其实,从行善积德的角度而言,一是保健院,可说是人生的"善始"之职;二是殡仪馆,堪称人生的"善终"之行。一个"善始",一个"善终",前者把人顺利地接到人世间,后者把人安详地送往西方极乐世界,这样的职业,不是挺高尚的么? 不是理应受到全社会的尊重么?

少顷,老艾语重心长地说,咱局里一位副局长和两位股长都曾在殡仪馆干过。俗话说:"是金子总会发光。"你们干几年后没准就被提拔了。年轻人,好好干吧!

临离开殡仪馆时,老艾再三叮嘱老查,虽然他们此时已不再吭气了,但要防止他们思想反弹。这三位可是殡仪馆的新生力量,今后要多关心他们,更要用好他们。

说来也怪,打从老艾出面做工作,加上老艾时不时到殡仪馆走一走,看一看。而每次去,都要找那三位大学生坐一坐,聊一聊。这样一来,那三位大学生再也不闹了……

三个寒暑一闪而过,那三位大学生果真令人刮目相看:一人当了先进,一人入了党,一人被提为副馆长。更让老艾觉得脸上有光的是,殡仪馆第三次被评为全国先进单位。

就在获悉殡仪馆夺得全国先进单位三连冠的当天下午6时许,老艾一回到家,便喜滋滋地叫夫人多炒一两个好菜,说是要喝两杯庆贺一下。

老艾夫人却嘟哝道:"你管的殡仪馆得了全国先进三连冠是该庆贺,可你的宝贝女儿的事也该关心一下吧?"

"佳妮咋的啦?"老艾着急地问。

老艾夫人没好气地说:"咋的啦?她有对象了,你知道吗?"

"哎,佳妮已29了,有对象是好事。"老艾嘿嘿一乐。

"好事?你可知她找的对象是干啥的吗?"夫人气鼓鼓地反问。

老艾呵呵笑道:"干啥的并不重要,重要的是要人品好。"

"干啥不重要?等会你女儿回来你问她好了。"夫人又在嘀咕。

说曹操,曹操就到。夫人的话音刚落,在保健院当护士长的佳妮就踏入了家门。

"来来来,佳妮,听你妈说你有对象了?这可是真的?为啥不

早跟老爸说？"老艾试探地问。

佳妮眨了眨丹凤眼，脸一红："真的。我不是不早跟老爸说，而是觉得早说晚说都一样，反正老爸肯定会支持我的。"

"哦？为啥这么肯定？你那对象是干啥的？"老艾似有些着急了。

当佳妮说出对象就是殡仪馆那位被评为先进的大学生时，老艾的脸色旋即由晴转阴："佳妮呀，你想过没有，结婚可是一辈子的大事，你看上他什么啦？"

"就看他人品好呀。"佳妮似乎心意已决。

老艾的声音刹那间提高了几度："人品好？你都了解清楚了？再说，你也不看看他干的啥职业？"少顷，又悄声叹道："唉，这些年你挑来选去，咋会选中他哟！"

观神态，听话音，佳妮感到老爸着实上火了，顿觉意外的她静思片刻，言辞恳切地说："老爸，当初不是你同那三位大学生说保健院是人生之'善始'，殡仪馆是人生之'善终'，这两项职业都挺高尚的，理应受到全社会的尊重么？'善始'与'善终'结合，有啥不好？"

听了佳妮的话，老艾竟一时不知该如何应答。

（原载 2009 年 10 月 22 日《南方日报》）

慰 问

年近岁末，又到了慰问时节。

晌午，海角村委会干部紧急召开碰头会，新任村支书（兼主任）小卫的开场白很简洁：明天上午，与咱村对口扶贫的市、县两级局长和秦副镇长来村里慰问 10 户特困户，该做哪些准备，大伙出出主意。

经过一番议论，村干部们集中提到三件事：确定 10 户特困户，因有记者同来，故要通知特困户做好接受采访的准备；搞好村委会周边环境的卫生；准备好午餐。

小卫忙不迭地解释，前两件事要抓紧落实。至于午餐，秦副镇长说由镇里安排。

这咋行呢？市、县局长来到咱村，最快都要 11 点，慰问 10 户特困户至少也要个把钟头。咋好意思让他们返回八里外的镇上就餐？再说，咱们也好久没在一起打牙祭了，到时把老支书和各村村民小组长都叫来，权当与上级领导吃个团圆饭吧。村干部们七嘴八舌地说开了……

争议了两个回合，小卫一锤拍板：午餐改由村委会请。商定菜单和洋酒之后，村干部们都嘿嘿嘿地乐得合不拢嘴。

紧接着，大伙确定了 10 户特困户，并对落实好的三件事分了工。正要散会，妇女主任阿娇突然提议应准备礼品。

小卫说，这就免了吧。阿娇却坚持己见。民兵营长和青年团书记都说阿娇的提议好。

　　见相持不下，副支书老节思忖片刻后说，这 3 年来从铺村道、修水库，到兴办村制鞋厂，市、县两级局扶持资金不下百万元，村集体经济收入从不足三万元猛增至数十万元。现如今快过年了，送些礼品也是人之常情；到时老支书、村干部和各村村民小组长也每人一份。邻村的老支书告诉我，市、县对口扶贫单位前天到他们村慰问时，就是这么操作的。副主任(兼财务)小宗听后频频点头。

　　少数服从多数，礼品就这么敲定了。斟酌再三，大伙又议定了礼品的种类和数量。小卫一脸苦笑："说是碰头会，却磨叽了一个多小时。"

　　第二天上午 10 点多，镇民政助理老皮载着秦副镇长到了村委会。由于塞车，市里某局长一行两人和县里某局长一行三人，以及县电视台两名记者到齐时已过了 12 点。好在慰问的程序并不繁琐：每到一户，四级(含村级)干部一一同户主握手，紧跟着送上一个小红包，两名记者赶紧"啪、啪、啪"地拍个不停……采访也仅有三几句话，因事先作了简单的培训，户主回答既快又得体。只是转来转去，慰问一户前前后后也花去了 20 多分钟。

　　刚慰问完 4 户特困户，小卫收到阿娇发来的手机短信：午饭已备好。小卫旋即向两位局长和秦副镇长建议："时候不早了，剩下 6 户就由咱们代转吧。"三位上级一看表，见已是 1 点 40 分，都一齐说好。

　　回到村委会办公室，香喷喷的 3 桌大鱼大肉和 1 瓶 3 斤装的轩尼诗早已在桌面上候着。民兵营长笑嘀嘀地说："今儿个可以开荤了。"说完，遂与几位村干部和等候多时的老支书及各位村民小组长，尾随着上级陆续入席。

好一阵风卷残云之后,宾主一个个都面红耳赤……

当晚,在村委会办公室里,小宗向小卫婉言解释:上级来人(还有2名司机)加上老支书、6名村干部和6名村民小组长共24人,每人一份300元的礼品,花了7200元;另有3人每人1瓶2斤装的轩尼诗和2条芙蓉王香烟,花了4980元;3桌酒菜花了4650元……

看着小宗递过来的单据,小卫又是一脸苦笑:"三级来了11人,咱们作陪13人;市、县(每户各300元)、镇(每户200元)的慰问金总额仅8000元,村委会除去慰问金每户200元共花了2000元之外,仅午餐和礼品的开销,总共花了16830元……"

(原载 2009 年 12 月 23 日《南方日报》)

代 价

市电视台新闻部的冼主任一上班就接到爆料：几天前，一场突如其来的特大暴雨，毁坏了大径村通往大径小学的村道。为确保小学生上学不受阻，大径村两位村民义务抢修村道，在搬弄从大山上被特大暴雨冲刷下来的乱石时，不慎受了重伤。消息传到大径小学，数百名小学生纷纷掏出零用钱，自发为那两位村民募捐了 5000 多元。

"没错，这事原本颇有新闻价值，但已时过境迁，失去了新闻的时效性，不适宜派人采访。以后有啥好的新闻线索再说吧。"冼主任在电话里向报料的大径小学连校长耐心地解释。

连校长恭敬有加地再三恳求道："嗨，冼主任，咱们这偏远的山村学校，难得有在市电视新闻露一露脸的机会……要不，我们想办法于明天上午 11 时，重新组织一个学生捐款的现场，你派记者来采访，也算是为农村教育办一件好事。有劳你支持一下，改日我一定抽空上市电视台当面酬谢。"

"那好吧。但眼下正值盛夏，你可一定要认真组织好，别出啥意外哟！"冼主任沉吟了好一会儿，终于答应了连校长的请求。

于是，连校长先后召开了学校领导班子成员紧急会议和各班班主任会议，层层做好动员工作。然后，又派人把 5000 多元捐款找零后，有的三、五、八元，有的一二十元，重新发放到每个小学生的手上。

翌日上午 11 点,大径小学数百名小学生,准时在学校的大操场上排好队,等候市电视台记者的到来。

时间似乎过得特别的慢,似火的烈日把小学生们灼得汗流浃背。然而,现场却格外安静,数百名小学生牢记着老师们的嘱托,一个个神情肃穆,秩序井然。

直到 12 时许,市电视台的 2 名记者才赶到现场,一下车,便满脸歉意地对连校长边解释,边催促道:"很抱歉,一路上因多处塞车,来迟了。今天的太阳贼毒,真难为同学们了,赶紧开始吧!"

"捐款仪式现在开始!"1 名小学生一声口令,数百名小学生排着队紧张有序地走到主席台前的捐款箱捐款,2 名记者立马动作娴熟地扛起了摄像机,把镜头对准了踊跃捐款的小学生们……

岂料,就在捐款仪式进入尾声时,人群中突然传出一阵惊呼:5 名小学生相继中暑晕倒了。

说时迟,那时快,正在一旁看热闹的几位村民骑着摩托车似从天而降,已回过神来的连校长和几位老师迅速抱起中暑的小学生,坐上摩托车朝八里外的镇卫生院驰去。反应敏锐的记者立马把这一场景又一一摄入了镜头。

大约 20 分钟后,抢救小学生的摩托车队先后抵达镇卫生院,心急火燎的连校长一清点人数,突然发现少了 1 部摩托车。这时,不幸的消息传来,令连校长大惊失色。或许是由于过于紧张和慌乱所致,有 1 部摩托车半路上出了车祸,驾驶摩托车的村民不幸摔成重伤,摩托车上的那位老师和小学生受了轻伤。

不久,4 位中暑的小学生陆续离开了镇卫生院,受了重伤的那位村民以及受了轻伤的老师和小学生仍住院治疗。

当晚,那位受了轻伤、半躺在病床上的小学生,突然指着病房里的电视机，喜形于色地对守候在一旁的连校长悄声说："校长,快看,市电视台正在播报咱们学校今天捐款的新闻哩。"

忐忑不安的连校长瞥了一眼电视新闻,猛然想起尚未来得及兑现的曾对市电视台冼主任的承诺,尽管荧屏上首次出现了大径小学的大名和自己的光辉形象,却怎么也高兴不起来,内心叹道:"唉,这代价也忒大了。"

（原载 2010 年 1 月 18 日《羊城晚报》、2010 年 2 月《作品》杂志《惠州专号》）

买纽扣

"茂儿，叫你买颗纽扣咋就这么难呀！"年近七旬的老母亲推开丛茂的房门，大声直嚷嚷。

正在埋头整理材料的丛茂忙不迭地说："妈，你没见我正忙着么？"

"忙忙忙，上班时间忙，双休日也忙，人老了说话不中听啰。"老母亲那满是沟坎的脸上顿时阴云密布。

见老母亲真生气了，丛茂走进厨房对妻子说："阿岚，老妈子昨天掉了颗纽扣，叫给买。刚才又在嘀咕。可明天是周一，上级领导要来我局里检查工作，我得准备准备。这事还请老婆大人代劳一下。"

阿岚放下菜刀，举起满是鱼鳞和血丝儿的双手，柔声说："你没看我正准备做午饭吗？我哪走得开？哎，叫娜娜去吧。"

阿岚转身走出厨房拐入娜娜的房间，把为奶奶买颗纽扣的事说了。正在上网的娜娜两手一摊："妈妈，我也没闲着哟！嘿嘿，妮妮已上三年级啦，买颗纽扣准行。"

娜娜步入客厅，把电视关掉后，正儿八经地交代妮妮："妈妈叫你上街买颗纽扣。给，这是钱，拿着。好妹妹听话，改天姐请你上麦当劳。"少顷，又叮嘱道："千万别记错了，是买纽扣。"

妮妮眨了眨眼，又点了点头。出门后一路走一路喃喃自语："买纽扣，买纽扣……"

突然，妮妮一不小心摔了一跤。还好，只是右膝盖和左手掌擦破了一点皮，其他并无大碍。然而，麻烦的是，这一摔，却把买什么给摔忘了。焦虑中，妮妮猛然想起妈妈是从厨房出来叫买东西的，准是叫买……对了，妈妈平日经常叫买它，没错，就是买它了。

很快，妮妮把从小区超市买的一个瓶子拎进了厨房。阿岚一看是酱油，顿时傻眼了："错啦，错啦！""没错呀，姐说你叫买酱油呀。"妮妮说。"这鬼丫头，我跟你姐说的可是买纽扣哟。"阿岚哭笑不得。

少顷，满脸不快的阿岚拉着妮妮走出厨房，把娜娜叫到客厅，斥责道："叫你去买，你却转身交代妮妮。这倒好，买纽扣变成买酱油了。"

娜娜扭头大声问妮妮："你咋这么没记性？我明明吩咐你买纽扣，还再三提醒你别记错了。亏你还是个三年级学生呢，这点小事都办不了！哼！"

"我没记错，你就是叫买酱油嘛。妈妈平时不是常叫买酱油么……姐，你骗人。妈妈本来叫你去的，你却说叫我去，害得我摔了一跤，现在反倒怪起我来了。"望望妈妈，又瞄瞄姐姐，妮妮似有满肚子委屈，转瞬间眼泪直流。

阿岚和娜娜这才注意到妮妮的右膝盖处的裤腿上沾满灰尘，左手掌还擦破了一点皮。可是，还没等她俩上前细看，妮妮一气之下，竟破门而出。

阿岚急问："妮妮，你去哪？"

"不用你们管！"门外传来妮妮有些赌气并带着哭腔的声音。

"快去，把你妹妹追回来。"阿岚推了娜娜一把。

吵嚷声终于惊动了丛茂和老母亲。他俩先后从房间里出来，弄清楚事情的始末后，丛茂不禁责怪阿岚，阿岚却说娜娜的不是……临末，阿岚又嘟哝着说："这妮妮也真是的，咋把纽扣听成酱油呢？"

老母亲有些不耐烦地打断丛茂和阿岚的话茬，数落道："嗨，买颗纽扣顶多是半个小时的工夫。你们倒好，我交代你，你交代他。买错了，又一个推一个，我责怪你，你埋怨他……而今害得小妮摔了一跤，还出走了。唉，这叫什么事哟？"

这时，客厅里的电话突然响起急促的铃声，阿岚拿起话筒一听，脸色骤变。

丛茂忙问："出了啥事？"

"娜娜打来电话，说妮妮被摩托车撞了，伤得不轻。"阿岚惊魂未定地说。

"啥？你说啥？"老母亲惊愕不已。阿岚把刚才的话重述一遍后，老母亲当即晕了过去。

丛茂立马捶胸顿足："唉……"

（原载 2010 年 2 月《作品》杂志）

化妆大师

副镇长老岳一家,都是带师字级的人物:他本人是农艺师,妻子是时装设计师,儿子大学毕业参加工作没几年,又评上经济师。

有趣的是,不久前,老岳的儿子找了个对象,又是个会计师。有人曾戏言,如果镇里开展评选最牛之家,非老岳家莫属了。

一次饭局,镇党政办公室主任老伊借着酒兴,半开玩笑地给老岳提了个建议:你们一家子都是师,来日为儿子完婚时,应该好好讲究一下,比如,为新娘子化妆的一定要请个化妆大师才够格哟。

众皆大笑。

虽然这是玩笑话,可事后老岳却当真了。他专程到外省请某大寺院的一位大师选定了儿子完婚的黄道吉日。指定妻子负责设计新郎、新娘的结婚礼服。好不容易物色了一位经济师当伴郎,一位会计师当伴娘,还特意请了个姓师的小帅哥担任接新娘小轿车的司机……

万事俱备,化妆师却未敲定。在老岳看来,镇里的婚纱店档次太低,县城的婚纱店虽有专人化妆,却没有职称资质的。眼看黄道吉日将近,老岳不禁心中直打鼓。

忽一日,镇里来了一位化妆大师,消息不胫而走,一打听,原来是镇干部老简的老同学。老岳立马找到老简,从老简的口里得知,那位化妆大师确实是老简的老同学。但已多年未见,他这次是随省里某检查组来县里检查完工作后,想见老简一面,顺便到海边走走。

老简还告诉老岳,昨晚已与老同学见过面了,老同学的确是省里一位颇有名气的化妆大师,曾为不少名人和一些省厅级人物化过妆。

当老岳说明来意,老简乐了:好事呀,正好我已同他约定今晚小酌,到时一同前往就是了。

当晚，老岳终于见到了那位化妆大师。"鄙人姓华，幸会，幸会。"没等老简开口，化妆大师先自报家门。

老岳暗自思忖：观其仪表不凡，言谈举止颇有大师风范，儿媳的化妆师就是他了。于是，忙不迭地鞠躬作揖："久闻大师盛名，今日有幸拜识尊颜，请多多关照。"说完，频频向化妆大师敬酒。

酒过三巡，老岳委婉地向化妆大师提出了请求。化妆大师有些泛红的脸色却略显尴尬，似有难言之隐。

那天正好是星期天，莫非你另有安排？老岳不解地问。

化妆大师笑了笑，没有吱声。

老岳坦言道："那就是报酬问题了，报酬问题好说嘛。"

化妆大师又微笑着摆了摆手。

这时，老简出马了，"看在老同学的份上，你就帮我的同事一回吧。"

化妆大师依然不吭不哈。

这分明是在摆谱嘛！我好歹也是个师字级的人物。老岳的脸颊悄然写上"不悦"二字。

见老岳神色有些不对，化妆大师急忙起身把老简拉出门外，几分钟后，老简返回饭桌，满脸歉意地对老岳说："真不好意思，我的老同学是化妆大师不假，但你不适宜请他。"

"为啥？"老岳一脸疑惑。

老简有些无奈地说："你就别问为啥了，反正不适宜。"

"老简呀，你总得说个理由吧。"老岳噌地站起身来。

老简欲言又止。少顷，见老岳非要刨根问底不可，便语调低沉地说："那好吧，我只好实话实说了，你可别见怪，刚才我那位老同学实话告诉我了，他是省里某殡……殡仪馆的化妆大师。"

"呸呸呸……唉！"一心想请个化妆大师的老岳一屁股跌坐在椅子上……

（原载 2010 年 2 月《作品》杂志(惠州专号)。入选《2010 年中国微型小说精选》。获第九届全国微型小说(小小说)年度评选二等奖）

龟　痴

在咱这偏远的小渔村里,一提起大海叔,村里人就会戏谑地称他为"龟痴"。

说起"龟痴"这一绰号,还有这么一段故事:数月前,大海叔陪同就读于某海洋大学的儿子,去了一趟某国家级海龟保护区。归来不久的一天下午,大海叔像往常那样,独自驾着小船去鹰礁岛打紫菜,或许是多喝了两杯,小船驶至离鹰礁岛数百米处,迎头一排大浪袭来,大海叔避之不及,小船翻了,大海叔不幸掉进了海里。在这危急关头,突然,有只黑乎乎的家伙向自己游来,定眼一看,是只大海龟。此刻,大海叔猛然想起小时候听大人们说海龟救人的故事,便奋力游到海龟的背后,双手死命地抓住海龟的肩甲,海龟连驮带背地拖着大海叔向岸边游去……

打那以后,大海叔成了宣传和保护海龟的志愿者,一有闲暇,就挨家逐户地向乡亲们诉说,参观国家级海龟保护区的感受和自己大难不死的经历。每当这时,大海叔总是两眼放光:"海龟是个宝贝疙瘩,是人类的好朋友,是有灵性的动物,咱们应好生保护才是。"村里人都说大海叔真成"龟痴"了。

这天晌午,村东头的小码头一阵喧哗,大海叔好不容易挤进摩肩接踵的人群一看,心里忽地一惊:甲、乙、丙、丁四位村民正围着一只约 200 来斤重的大海龟,磨刀霍霍。

"且慢,这海龟不能杀!"大海叔一个箭步拦住四位村民。

"为啥？"一些村民也跟着起哄。

"海龟是国家二类保护动物。"大海叔语气不容置疑。

丁一脸的不屑："切，我只知道海龟全身是宝，海龟肉和海龟蛋是美味佳肴。而且向来是谁捕谁杀，反正已好长时间未尝过海龟肉了。再说，在咱这天涯海角，谁能管得着？"

"没错，过去，一到海龟上岸产卵季节，在咱这附近的海滩上，每到夜间，到处是被利欲熏红了双眼的人群，随意挖取海龟蛋甚至滥捕滥杀海龟。平日出海，谁捕到海龟谁都可以杀，结果，海龟一天比一天少。现如今国家已将海龟列为二类保护动物，还建起了首个国家级海龟保护区。海龟还对我有救命之恩呢！咱们再也不能干滥捕滥杀海龟的傻事了。"大海叔义正词严。

人群有些骚动。甲、乙、丙悄然放下了刀。可丁仍紧握刀把，嘿嘿笑道："海龟能救人？那只是个传说，蒙谁哪！"后来，见有些村民附和大海叔，丁双眼一滴溜，与甲、乙、丙耳语几句后，转头对大海叔说："这海龟是咱四人捕到的。既然你对海龟如此痴情，这样吧，今晚七点钟前，你能拿出 2 万元现金，这海龟就归你了。"

"此话当真？"大海叔问。

丁答："绝不食言。"

"好！你们可别反悔哟。"大海叔转身筹钱去了。

傍晚六时许，大海叔风风火火地跑到丁家，见丁与甲、乙、丙同桌共饮，桌上那香气四溢的一大盘肉顾不上多看一眼，遂以商量的口气说："我一时拿不出这么多现钱，村里人也没有多少现钱可借，到镇上银行取又来不及，还差 6000 元，容我明天中午前凑齐给你们，如何？"

丁哈哈大笑："我就知道你 7 点钟前筹不齐 2 万元现金。来来来,先喝两杯再说。"说着,硬拉大海叔坐下。

甲端上一满杯酒,乙递过来一双筷子,丙夹起一大块肉放进大海叔面前的碗里,四人异口同声:"乡里乡亲的,甭客气,吃、喝!"

盛情难却,大海叔半推半就地夹起碗里那块肉塞进嘴里,随即把酒倒进口中,不知是品出肉味有些异样,还是喝得太猛,大海叔连声咳嗽……

四人狂笑不已。

见四人的笑声有些怪异,大海叔像突然想起什么,满脸狐疑地问:"那只海龟呢?"

又一阵狂笑过后,丁狡黠地说:"咋的啦?大海叔,刚吃了海龟肉,还假装慈悲充善人,问海龟在哪?哈哈……亏你还是个'龟痴'呢。"

"你,你们……"大海叔一阵恶心,"哇"地大声呕吐起来……

后来,大海叔落下个怪病:从此再也不能吃肉,因为一吃肉,便呕吐不止……

(原载 2010 年 5 月 2 日《南方日报》)

水牛王

　　"哐当"一声巨响,打破了山村之夜的寂静,正准备关门睡觉的德叔打了个愣怔,急忙叫上旺儿,拿起手电筒跑到拴着水牛王的柴草间一看,不禁大惊失色:柴草间的两扇大门竟横躺在地,水牛王已不知去向。

　　水牛王身高 1 米 8,体长近 3 米,身强体健,全身毛色淡棕带黑。那年农历八月初一,镇里举行首届斗牛节,只听铁炮一响,德叔家那头性情温驯的大水牛牯,瞬间变得勇猛异常。经过数小时的鏖战,一路过关斩将,将参赛的数十头水牛一一拿下,一举夺得桂冠。从此,"水牛王"的美誉便在全镇传开了。后来,水牛王又连续在第二、三届斗牛节上拔得头筹,取得了三连冠。

　　水牛王既是赛场上英勇善斗的"常胜将军",又是干活的好帮手:犁田、耙地、拉车、戽水等等,样样精通,而且从不偷懒。到了农忙时节,水牛王更是熟门熟路地跟随德叔起早摸黑,耕种完自家的田地,又为一些劳力少的农户帮耕。德叔常疼爱有加地对人说,咱家的水牛王可谓劳苦功高,就差不会与人通话。

　　一晃过了十多个春秋,水牛王已进入古稀之年,渐渐地退出赛场下岗了。不久前,德叔最终还是拗不过老伴和亲友们的劝说,又买回一头小水牛牯。傍晚,上了五年级的旺儿欢快地哼着:"水牛儿、水牛儿,先出犄角后出头儿……"(《孺子歌图》),骑着水牛王,赶着小水牛牯刚回到家,德叔又经不起县里来的一个屠夫的软磨硬缠,硬着头皮陪着屠夫围着水牛王转了两圈。屠夫一迭连声,"啧啧啧,真不愧是水牛王,虽然一把年纪了,却肌腱发达,看来肉也不会少,过两天我再带钱过来牵它吧!"

屠夫的话一说完,水牛王竟昂起头,扬了扬那对犄角,两眼冷对屠夫,鼻子"哧"地一声闷响,吓得屠夫连连后退……

看着眼前这幅景象,从回忆中缓过神来的德叔心想:这可是水牛王从未有过的举动,一定是傍晚听懂了那个屠夫所说的话,另谋活路去了。

"老爸,快把水牛王找回来吧。"站在身后的旺儿大声说。德叔立马附和道:"对对对! 咱们一定要把水牛王找回家! "

于是,父子俩打着手电筒,连夜跑遍了村头巷尾,仍不见水牛王的踪迹。第二天一大早,父子俩又找遍了村外的田头地尾,还是毫无结果。午饭后,他们又分头在村后的荒山野岭间仔细搜寻着……

当夕阳轻吻着远处的山峦,旺儿终于在后山一处乱葬岗旁,找到了滚得一身泥巴的水牛王。它一见旺儿,"哞"的沉声一叫,目光呆滞,神色沮丧。旺儿心中一热,上前轻抚它的犄角,轻拍它的肩膀,轻唤它的名字,劝它回家。可水牛王伸出舌头舔了舔旺儿的小手,仍迟疑着不肯迈步。

正踌躇间,旺儿忽觉身后"呼呼"有声,转头一看,不好! 只见几步开外的草丛里,蹿出一条眼镜王蛇来,此刻正高昂着它那扁平的头颅,一上一下,一左一右,一摇一晃,虎视眈眈地盯着自己。

几乎是在同一时刻,水牛王也发现了那条毒蛇。只见它沉着地跨前一步,顺势轻轻一推,把旺儿挡在身后。紧接着,犄角向前,低头怒视着毒蛇,时而用右前蹄猛力刨地,时而"呼哧呼哧"

地喷着怒气,瞧那架势,酷似当年赛场上奋力博弈般牛气冲天。

一牛一蛇,就这样对峙着、僵持着……

约摸 10 分钟后,兴许是觉着从眼前这个凛然不可侵犯的庞然大物身上捞不着便宜,那毒蛇渐渐地胆怯了,退缩了。

少顷,毒蛇慢慢地消失在乱草丛中。水牛王"哞"的长舒了一口气。此刻,旺儿突然有些哽咽:"水牛王,老爸已说了,咱们不听屠夫的,赶紧回家吧。"

这时,夜幕降临,水牛王又伸出舌头舔了舔旺儿的小手,用颈部轻抚着旺儿的脸庞,犹豫了片刻,突然一个急转身,又消失在如墨的夜色中……

(原载 2010 年 6 月 28 日《羊城晚报》,被 2010 年第 17 期《小小说选刊》、2011 年第 4 期《微型小说选刊》转载,先后入选《2010中国年度小小说》《21 世纪中国最佳小小说》《笑如花儿绽放》《行走在岸上的鱼》《荒漠求生夜》等书,获中国首届小小说擂台赛二等奖、第 4 届郑州小小说学会优秀作品奖。颁奖词称:"《水牛王》以传奇笔法写意现代生活,用散文形式讲述乡间故事,人与动物之间的友好共处,象征着人类与环境之间相互依存的关系,颇具批判和反思意味。")

起 名

28 岁那年,贾二牛成家后,与妻子任小妹私订"口头合约":为更好地干事创业,不想过早地跳入"男女坑",双方一致同意实行晚育。

然而,急于抱孙子的父母却步步紧逼。无奈,好不容易熬过了 3 个年头后,"口头合约"宣告失效。不承想,二牛夫妻俩一连两个春秋加班加点,却屁都没放一个。情急之下,只好四处求医问药……

直到 36 岁那年秋天,二牛终得一子,全家人喜极。

两周后,一家人在一起商议为小孩起名。

急性子的奶奶脱口而出:"要我说呀,就叫小牛,好听又好记"。

"这名字土里土气,听着别扭。"小妹立马反对。

二牛不慌不忙地把手中的字典从头翻到尾,尔后,蛮有把握地说:"我看就叫毓曦。"

当爷爷的一听,先是微微颔首,后又摇了摇头:"名字虽好,但文绉绉的,一般人不懂是啥意思,不妥,不妥"。

争议了大半天,还是定不下来。

二牛有点不耐烦了:"名字不就是一种符号吗?我叫二牛不是照样过得好好的?"

"嗨!这名字是你爷爷当年起的。还说过得好呢,快 40 了才得一子。可你同学的子女，不是读初中，就是小学生了。最不顺的是混了十多年，至今啥头衔也没一个。个中缘由，或许就是因为名字不咋的。你没见这些年出了好些起名的书，说一个人的名字好坏，对他一生的影响大着哩。有些人看了这类书后都改名了。咱们一定要给你儿子起个好名字。"

父亲的一席话，说得二牛无言以对。

于是，二牛跑遍了市、县的书店书摊，买回好几本不同版本

的有关起名的书籍,夫妻俩日夜加班,不停地翻书,反复地琢磨……

几天后,二牛夫妻拿着想好的十多个名字请教父母大人。结果,不是父亲没有点头,就是母亲不赞成。

后来,父亲随口说了一句:"眼下起名的大师到处都是,要不然,请大师试试?"全家人都说好。

但是,事情进展并不那么顺利。

从县内请的一位大师,仅看了二牛儿子的出生月日,就起了个名字叫"浩珈"。

二牛夫妻俩认为这名字有点意思,可两位老人却觉得缺少富贵,不尽如人意。

第二天,二牛去市里请来一位大师。这位大师认真地询问了小孩的生辰八字,起的名字是"富毅"。二牛和小妹都说不错。可当爷爷奶奶的寻思着,这名字没跟福字沾边,仍觉不妥。

于是,又经人介绍,二牛上省里请一位大师。这位大师仔细地掐算了小孩的命格,极力主张叫"福臻"。一家人琢磨着,感到这名字还是缺点什么,又给否了。

数日后,二牛通过关系,出外省请某大寺院的一位高僧。归来后,二牛说,那位高僧不仅要了小孩的出生时辰,而且排了父母的八字,最后起名叫"益寿",还说这名字对小孩好,又益父益母。

一家人斟酌再三,仍嫌这名字不够响亮,还是没有通过。

一家人正犯愁之际,恰逢二牛的老同学祁奇来访。祁奇在某创意公司当经理,听了二牛为儿子起名烦恼的来龙去脉,不禁呵呵一笑:"依我看,不妨用你们夫妻俩的姓氏,取四位大师起的名字末尾一字,再加上个'兼'字。这样,你们想要的意思不就都有了？也挺时尚的嘛。"

二牛眼睛一亮："这个提议值得考虑。"

父亲却嘟哝道："一般都没有用复姓的。再说，也没见过这么长的名字哟。"

祁奇又是呵呵一笑："您老是说一般吧？哎嘿，现如今啥事都讲究创意，也兴提同国际接轨。香港不是有用复姓的吗？外国人的名字比这长的多得是哩。我看这名字蛮新潮的，你们就别再犹豫啦！"

又经过认真反复的讨论，一家人最终同意了。

儿子满月那天，二牛在某大酒店摆了好几桌。众亲戚见二牛的儿子长得又白又胖，煞是可爱。于是，好话不断："这娃天庭饱满，印堂发亮，来日必定是大富大贵、健康长寿之人……"

这时，有人问叫啥名字。还是抱着孙子的奶奶嘴快："贾任珈毅臻兼寿。"

或许是一时没听清，那人又问："叫啥？"

奶奶又满脸堆笑地重复了一遍。

一女孩口无遮拦道："嘻嘻，可真逗，我怎么听着像叫'假仁假义真欠揍'呀？"

众亲戚无不捧腹……

（原载 2010 年 7 月《百花园》杂志上半月刊。被 2010 年第 10 期《小说选刊》、2010 年第 11 期《小小说月刊》转载。获全国梁斌文学奖三等奖）

"姐妹"聚餐

某局的梅、兰、凤、秀、芳,虽然不在同一个股室,年龄也各异,却像亲姐妹似的,每逢闲暇,必有聚会。

又是一个周六的上午,10点刚过,号称大姐的阿梅便用手机逐个联系:暗号照旧。先撮一顿,然后开台。阿兰却提议,现如今一些地方查出了地沟油、问题饭盒,上饭店聚餐、买盒饭都不保险。再说,盒饭也吃腻了,不如趁梅姐今天一人在家,改上梅姐家自己动手做饭更卫生。

姐妹们一齐响应。于是,每人买了一样菜,不到11点就上梅姐家报到了, 一见梅姐家那刚买的自动麻将机,一个个手直痒痒,都说时间还早,不如由一人下厨,其余四位先搓几圈。

梅姐说:"也好。不过,在我家聚餐,做饭就是我的事了。"

"别别别,你是大姐,又是副主任科员,岂能劳你大驾。"阿兰立马反对。

梅姐两手一摊:"那谁来下厨? "

阿兰、阿凤、阿秀和阿芳面面相觑,都说自己的厨艺不精。

一番推让之后,阿凤笑了笑说:"要不,除梅姐之外,咱们四个人来掷骰子,谁掷的点数小,就该谁。"

姐妹们嘻嘻哈哈地直点头。结果,阿秀掷的点数最小。不料,阿秀斜了一眼阿芳,一脸的不屑:"我可不行,一来我家向来都是孩子他爸掌勺,二来嘛……"

见此情形,阿兰猜想,阿秀莫非想说自己是股长罢了。于是,便笑着说:"我看还是阿芳合适。"

梅姐和阿凤、阿秀一齐瞄着阿芳,那眼神分明是表示赞同。禀性憨厚的阿芳暗忖:大家都会做饭,啥厨艺不精?谁不知这三伏天下厨是件苦差事。这几位姐不是副主任科员、股长,就是副股长,唯独我是办事员,年龄又最小,唉……可她们的嘴都刁得很。想到这,她有些无奈地说:"我把丑话说在前头,我的厨艺确实不咋的,到时你们可别见怪哟。"

梅姐婉言道:"饭菜做得咋样不要紧,凑合着吃就是了,委屈阿芳了。"说完,把阿芳领进厨房草草交代一下后,便迫不及待地转到麻将房,与阿兰、阿凤、阿秀噼里啪啦地开战了。阿芳也煮、煎、焖、炖、炒地忙开了。

兴许是客厅里传来的一阵阵麻将声和嬉笑声惹得阿芳有些心猿意马,她不禁加快了动作……嘿嘿,也算阿芳手脚利索,12点刚过,汗流浃背的阿芳就把香喷喷的饭菜摆上了饭桌。

然而,客厅的战斗正酣。阿兰说,饭菜热着哩,咱再搓一圈。可一圈下来,阿凤又提议道:时间还早,再来一圈。于是,一圈又一圈,直到下午1点多钟,梅姐和阿兰、阿凤、阿秀终于移师餐桌旁。

"咦?这白切鸡咋切成这般模样?看来,阿芳的刀功还欠点火候。这咸马鲛煎得也有点糊了。"阿兰首先横挑鼻子竖挑眼。

阿凤刚把一块鱼肉塞进嘴里,咂了咂嘴巴,就嘀咕道:"嗨,这鱼蒸得有点过火啰。"

梅姐尝了一口红烧肉,不禁眉头紧皱。阿芳忙问:"梅姐,咋啦?"梅姐悄声说:"没啥,只是焖得偏咸些。"

"唉,梅姐,你家里没钱买盐咋的,这西红柿炒蛋咋无半点味道？"随着阿秀的一声叹息，餐桌顿时嘘声一片。

眼瞅着低头不语的阿芳脸色转青，梅姐赶紧给阿兰、阿凤和阿秀丢了个眼色，打圆场道："哎哟，正所谓众口难调嘛，阿芳也蛮辛苦的。都别说了，快点吃吧，吃完好继续作战。"

阿秀仍絮絮叨叨地说："我听孩子他爸说呀，鱼要蒸得恰到好处才味道鲜美。"阿兰也大谈烹调经：该如何用料、调味，火候又该怎么把握……阿凤则半开玩笑地又来了一句："我说阿芳呀，还真有你的，不是属猪之人，还能整出这样的饭菜。"

这时，一直埋头听着各位说三道四的阿芳，猛然间缓缓地抬起头来，两眼噙着泪花，向各位深深地鞠了一躬："本办事员没把今天这事办好，实在对不住各位姐了。"说着，鼻涕也下来了。或许是下厨时满身的汗水还未干，又遭餐厅冷气袭来，阿芳冷不丁地连打了好几个喷嚏……

紧接着，阿芳转身默默地打开梅姐家的大门，头也不回地走了。

梅姐和阿兰、阿凤、阿秀像突然被人点了穴位似的，一个个目瞪口呆。

（原载 2010 年 9 月 13 日《羊城晚报》，被 2010 年第 22 期《小小说选刊》转载）

零上访

　　从镇政府出来，大鲁的脑子里填满了镇委书记再三叮嘱的话语，心里顿觉沉甸甸的……

　　东路村是闻名全县的信访老大难村，镇委指派自己兼任东路村支书，要求半年内实现零上访，这可不是件好差事。但想起当了近十年的镇政府干部，镇委书记那半似鼓励半似承诺的话又在耳边回响："镇里一年后换届，这回干好了，兴许是你改变命运的一次转机。"想到这，大鲁不禁徒增了几份信心。

　　于是一上任，大鲁一门心思走村串户 20 多天，对 7 个自然村的 9 宗信访疑难案件逐一调研和排查，并很快按程序拿出了解决方案，在镇党委的支持下，采取政治、经济、法律等"多管齐下"的办法，经过 3 个多月的努力，除东一自然村村民征地补偿款仍有三成未付清，但签订了逐月兑付的协议书外，其余困扰 6 个自然村近 2 年的 8 宗信访疑难案件终于画上了句号。

　　首战告捷之后，大鲁又马不停蹄地做起了建立确保零上访长效机制的文章，把在调研中排查出来的以往领头闹上访的 7 位村民请到村委会，先是动之以情，晓之以理，后是给他们封了个"信访信息员"的头衔，并且好吃好喝一顿，每人还领到了信息员的酬金。打这以后，每月还聚餐一次。

　　时隔半年，东路村果真没有村民到镇或县上访。然而，大鲁仍心有余悸，因为东一自然村征地补偿款一案还有隐患，况且离换届尚有半年时间,此时又恰逢进入县里召开"两会"的信访防护期,更来不得丝毫的大意。

真是哪壶不开提哪壶。那天傍晚,东一自然村的信访信息员牛大叔一步一颠地跑到村委会,一见大鲁,两眼一滴溜,便一把鼻涕一把泪地诉起苦来,说是村民小组征地补偿款仍欠他上万元,虽然签了协议,但每月只付600元,猴年马月才能了结?家中原本经济拮据,现如今又逢儿子读书报名还缺300元,实出无奈,唯有向支书开口了。不然,只好出村找镇领导了。

大鲁心中一软:一个大老爷们哭成泪人儿,想必确有难处。后又一惊:出村找镇领导?不就是300元么?村集体经济也不景气,无须再讨论一番了。于是,便从自己的衣兜里掏出300元递给了牛大叔。随即宽慰道,"先拿这300元去救救急,镇里就不要去啰。"

"不去了,不去了。"牛大叔屁颠屁颠地走了。

又是一个傍晚时分,牛大叔领着马大炮等三人找到大鲁,像灌蜜糖似地说了大鲁一大堆好话。紧接着,替马大炮等人叫起屈来,悄声说,"这是同村的马大炮、二狗哥、大山老弟,他们又遇到与自己同样的难处,鲁支书能否行行好,帮他们每人解决两三百元?"

少顷,牛大叔把大鲁拉过一旁,神秘兮兮地说,"要是当初想办法把那三成征地补偿款都兑清就没事了,他们原打算去镇里找书记或镇长,被我劝住了,信访防护期间咋能出村上访呢?鲁支书哟,我可是按你的意思办了,你看这事?"

大鲁内心犯难了,牛大叔说的言恳意切,可要是再帮马大炮三人的话,自己这个月的工资差不多去掉一半了,这……

见大鲁有些犹豫,牛大叔嘿嘿笑道,"要不,就算了,反正他们是去镇里，又不是去县里。再说，县里的'两会'也快结束了。"

"别别别……"大鲁思前想后，觉得确保零上访和换届时来运转是大事，不该因小失大，便又给马大炮等三人每人200元。

一觉醒来，大鲁去村东头的大排档吃早餐，邻桌突然响起颇为耳熟的声音："呸，昨晚手气真背，搓了个通宵仅和了三五次牌，得，又把前些天要来的300元输了个精光。"

大鲁一愣，扭头一瞅，果真是他。唉，这个牛大叔！

紧接着，几句刺耳的调侃又扔进大鲁的耳膜："嗨，三家输一家，都给大山老弟一人赢了。""哎嘿，你们还别说，这姓鲁的支书还真是个菩萨心肠，嘻嘻，改日如果再去忽悠他，没准又有赌本了，哈哈……"

仿佛是嘴里突然吞进了一只苍蝇，"哇"的一声，大鲁霎时喷了满地……

（原载2011年2月21日《羊城晚报》，被2011年第11期《微型小说选刊》转载）

特别之旅

来自四面八方、多年未见的老同学聚会,组织者老余首先提议:"好不容易相约到一起,又都是纯爷们,今夜不设防,定要吃好、喝好、玩好,尽兴方休。"

"耶!"除当年的老班长冷雪外,其余10位都伸出了两根手指。

于是,大杯小盏立马碰个不停,走出校门后多年打拼的甜酸苦辣侃个没完。更多的话题却是吃喝玩乐,谈及钱与色,众皆津津乐道;说到晚饭后如何安排"直落"节目,一个个又是眉飞色舞……

一直没有开口的冷雪边看,边听,心中暗忖:从相互交换的五花八门的名片看,这些老同学这几年都混得不错,什么长、什么主任、什么总经理……啥头衔都有。或许是职业病吧,冷雪既为老同学的进步高兴,又似乎有一点莫名的隐忧。思虑再三,他暗暗拿定了主意。

"嘿,老班长,咋不见你吭声呢?哦,对了,就你没交换名片,刚才说忘带了,但总得告诉大家在哪个单位吧?"老余突然发问。

"对对对,老班长,你到底在哪儿高就?"众人一个劲地起哄。

冷雪故意卖了个关子:"有人称我为灵魂工程师,也有人说我是拯救心灵的大夫。"

"啥?你是老师……你当了心理医生?"老同学们七嘴八舌地

问。

　　冷雪笑了笑，说："这样吧，明天是星期天，请各位到我的单位参观一下，权当一次特别之旅，咋样？"大家都说好。

　　第二天一早，老同学们开着四辆小车，在冷雪的引领下出发了。车队很快离开市区，越过一小段公路，转眼又将上百公里的高速路抛在身后。紧接着又在山路上颠簸了一个多小时后，一处四面环山，环境幽静，既有些像寺庙，又有些像疗养院的建筑群出现在眼前，11位老同学不禁皱起了眉头：这是啥场所？

走近了，终于看清了四周墙上围着的一层层铁丝网，以及大门右侧挂着的黑字招牌，老同学们下车后一个个心里直嘀咕：切！这老班长唱的是哪一出哟，怎么把我们带到市监狱来了？

进了大门，一狱警同冷雪打招呼："冷监狱长，一号牢房的犯人刚学习完，正准备去劳动。你还有啥交代？哦，这几位是……"

"噢，这几位是我的老同学，他们来随便看看。你就按常规操作吧。"冷雪悄声嘱咐道。

于是，那狱警一声口令，一号牢房里陆续走出几十号犯人，这些犯人的头都剃了个精光。尽管此时阳光灿烂，围墙四周风景秀丽，但犯人们都神情沮丧。等他们站好队后，狱警开始点名："1号、2号……"犯人们逐一大声应答。

少顷，在狱警的带领下，犯人们来到监狱里的中央操场。老同学们也跟随冷雪来到了操场边上观看。这时，只见犯人们排着队，走到操场左边的一大堆石头旁，每人抱起一块石头搬运到操场的另一头，放下后，又随手抱起那块刚刚放下的石头，再搬回到操场左边原来的那堆石头上……就这样，犯人们来来回回机械地重复着同样的动作。

"老班长，这些犯人看上去不像是刑事犯吧？"老余悄声问。

冷雪沉吟片刻，似不经意地说："这里关押着几百号犯人，其中一号牢房关押的全是经济犯，他们之中有厅级干部，有处级干部，也有科级干部。年富力强、高智商者不乏其人。真令人扼腕哪！我来这里工作已有六七个年头了，每年都有这类犯人进来。人哪，不论你官多大，也不管你平日如何威风八面，一旦哪天进来了，立马给你剃个光头，姓和名也没有了，有的只是号数，而且整天干的是无任何意义的重复劳动，不但在位时那种一呼百应的威风荡然无存，就连做人最起码的自由和尊严也尽失了。"

老同学们听了，一个个都一时无语。

临分手时，冷雪意味深长地和老同学话别："大家伙这些年都过上了好日子，好日子应该好好珍惜。祝大家伙好日子常在。"说完，冷雪的双眼竟有些湿润了。

那晚，仿佛是事先商量好似的，11位老同学几乎是同时给冷雪发了同样内容的一则短信："谢谢老班长！今天不虚此行，真不失为一次提神醒脑的特别之旅，值！"

（原载 2011 年 3 月《百花园》杂志上半月刊，被 2011 年第 13 期《小小说选刊》转载，入选《寓言课上的预言》《一种美味》等书，获《小小说选刊》2011 年小小说优秀原创作品奖）

哥 俩

葛鹏和丛刚同年同月同日生,后又同年同月同日上的学。平日,无论是学习还是玩耍,作为邻居的他俩几乎形影不离。在咱村里一提起他俩,好些人都笑称,姓葛的打个喷嚏,姓丛的准得感冒,他俩不是哥俩胜似哥俩。

说来真巧,那年夏天,这哥俩都高考落榜,一起回村务农。在村里待了半年多,他俩相约外出打工。一年后,他俩同时应征入伍。退伍后不久,又先后当了村委会的干部。

后来,鬼使神差,这哥俩几乎同时喜欢上"村花"桂妹,两人言语间尽管不时流露出谦让之意,可暗地里则互相较劲。五短身材的葛鹏颇有心计,除与桂妹频繁接触外,还巧用迂回、包抄等战术,经常出入桂妹家,很快讨得桂妹父母的欢心,最终与桂妹结成连理。高大威猛的丛刚虽有感憋屈,但想起往日的情谊,还是强装笑脸喝了葛鹏和桂妹的喜酒。打那时起,丛刚从心坎里隐隐觉得,似乎与葛鹏有了一道看不见的裂痕。

一闪,两个春秋过去,老村主任退位。为了竞选村主任,这哥俩终于撕破了脸皮。葛鹏棋高一着,常去镇里走动,又私下给了几个自然村的村民小组长一些好处,结果,葛鹏胜出。败走麦城的丛刚虽然升任唯一的副主任,可一想到葛鹏,内心深处常涌起一阵莫名的苦涩、无奈乃至嫉恨:是啊,为啥好事总归他呢?

上任后,这哥俩都喜欢把"要互相补台,咱哥俩谁跟谁呀"当作口头禅，却少不了用"防人之心不可无"的古训提醒自己。因而，隔三岔五，哥俩必有一次口角，往往非弄个脸红脖子粗不可。用粤东农民的话来说，这哥俩就像过年贴错了的门神。

也许是冤家路窄，有一年元宵过后，某工厂来村里招工，丛刚的侄子起初内定榜上有名。后来，阴差阳错，其侄子的名额却被葛鹏的一位远房亲戚取代。葛鹏再三向丛刚解释，其侄子是被厂方来人换掉的。但丛刚始终怀疑是葛鹏从中做了手脚。此后，这哥俩的矛盾更是有增无减。

丛刚想，吃一堑，长一智。咱也不是吃素的。再说，他姓葛的虽然猴精猴精的，可也有比较贪婪的软肋。咱就不信他老是赢家？

一个风雨交加的夜晚，丛刚叩开了葛鹏的家门，看着满身酒气的丛刚，葛鹏以为是找碴来了，正要发问，丛刚却先开了腔："这几个月来，市里投资几个亿的度假区的大项目相继在咱这一带落户，邻近几个村的数百亩山坡地已成为大工地，咱村里那百余亩山坡地也即将被征用。到时接待费什么的都有啦。"

见葛鹏原本铁板似的脸庞渐渐泛起些许血色，丛刚暗忖：看来，秉性有些贪婪的葛鹏已心有所动了。于是，又似不经意地暗示道："我暗访过了，邻村都有截留征地补偿款的做法。这种事就怕没人带头。"说完，丛刚佯装头痛，晃晃悠悠地走了。

果然，村里那百余亩山坡地很快被征用，数百万元征地补偿款陆续到了村委会的账上。几天后，葛鹏找到丛刚，压低声音把如何截留征地补偿款一五一十地说了一通。

得，姓葛的快要上钩了。琢磨了十多分钟，丛刚眉头一展，嘴角一咧，不置可否地"嗯"了一声。

一天傍晚，葛鹏悄然登门，将10万元塞给丛刚，说："咱哥俩一样,财务阿娇 5 万元。权当征地的辛苦费。"丛刚心中窃喜,旋即又似笑非笑地说:"这……恐怕不合适吧?"

葛鹏又是拍胸脯,又是指天发誓:"咱哥俩谁跟谁呀!只要把账做好,咱哥俩不言,阿娇不语,准保没事。"丛刚半推半就地把钱收下,内心偷偷乐了:"这回该他兜着走。"

终于有一天,一辆警车呼啸着先到镇政府,后又进了村。几天后,当县检察机关的调查组人员以贪污征地补偿款数额较大的罪名,将葛鹏和阿娇带走时,葛鹏蒙了:"丛刚咋就没事呢?"

后来,葛鹏才如梦初醒:原来,丛刚把自己给他的 10 万元,当晚就连同一盒录音带如数上交给镇委纪检委员了。

(原载 2011 年 3 月《百花园》杂志上半月刊,入选《小小说美文馆》系列丛书之《苍生百相》一书)

真功夫

晌午，村东头的操场上里三层，外三层，瞬间围满了看热闹的男女老幼。

刚搁下饭碗，迟顺叔带着九岁的旺儿挤进人群一看，操场中央，一位 40 多岁、一身行武打扮的卖艺人，正煞有介事地表演各种功夫。他刚耍完拳术又舞起大刀，舞毕，左手从随身带来的箱子里掏出一块红砖，嘿嘿一笑，"见证奇迹的时刻到了！下面请看咱的绝活：'头断红砖'！"紧接着，他摆出个马步，右手伸出两只手指运起功来。少顷，双手紧握砖头直往自己头上砸去，只听"啪"的一声响，那砖头立马断成两截。卖艺人满脸得意地双手抱拳绕场一周，"今儿个为大伙献丑了。"顿时，围观的人群中响起了一阵阵嬉笑声和掌声……

一位中年人瞄了瞄那齐刷刷的两节砖块，满脸狐疑地转身挤出人群，很快取回一块砖头，径直走到卖艺人跟前，伸出一只大拇指，"这位师傅的功夫确实了得，这是刚从操场边上捡来的砖头，可否再来一次？"

卖艺人一看，不由得倒吸一口冷气，这可是真家伙哟，顿觉来者不善，但又不便发作。转念一想，便来了个缓兵之计，哈哈一笑，"行！待我喘一口气后，再表演一回。"说完，随即从箱子里拿出好几个大小瓶子，做起了广告：这是用我家六代祖传秘方配制的专治跌打刀伤的特效药酒，机不可失，欲购从速……

卖艺人吆喝得正起劲,"嘭"的一声,旺儿不慎跌坐在卖艺人的箱子上。卖艺人一见,内心暗喜:谢天谢地,台阶来了。于是,他一把揪住旺儿。迟顺叔见状,忙上前连声地道歉。

然而,卖艺人却不领情,说什么都要迟顺叔替孩子与他比试比试。迟顺叔再三认错,卖艺人仍不依不饶。此刻,人群中一阵骚动:"哎,这位师傅,得饶人处且饶人吧。"

卖艺人一看,正是刚才拿来真砖头的中年人,便没好气地说:"敢坐咱箱子,如同下战书,你可懂得这是江湖规矩?"

"咱不懂啥狗屁规矩,这小孩是被人挤倒的,纯属无意,也没损坏你的东西。小孩他爹又再三同你赔不是了,你却口口声声说要比试,你没见小孩他爹右腿有些残疾?"中年人愤愤不平。

望着矮自己一头,不像练武之人的中年人,卖艺人一脸的不屑,心中暗忖:刚才想让我出丑的账还没算,如今又来撑横头船,你是活腻了。便气势汹汹地说:"关你屁事! 要不,咱俩来过两招?"

过两招? 中年人一愣,想想自己从未学过啥功夫,真动起手来,肯定不是他的对手。正犹豫间,村主任不动声色地把中年人拉过一旁,悄声说,看他刚才比画的不过是些花拳绣腿,拿出你当砖瓦踩泥工的那一整套动作,我看准行! 接着,又如此这般地嘱咐了一番。临末,又拍了拍中年人的肩膀,放心吧,有我呢!

中年人眼睛一亮,猛然想起村主任曾是当侦察兵退伍的,有一年冬天,五六个流窜犯到村里滋事,村主任一人就把他们打得屁滚尿流,顿觉底气倍增。却不显山不露水地说:"师傅功夫了得,咱大老粗一个,岂敢与师傅过招? 再说,你一个外乡人万一有啥闪失咋办? 还请师傅三思。"这时,卖艺人见不少人对自己指指点点,忽觉有些心虚。可又一想,老子走南闯北,还怕你这些山旯旮的乡巴佬不成！于是，仍步步紧逼，非要一比高低不可。

见事已至此，中年人悄声道："那就请师傅先出招吧。"

看招！卖艺人一阵冷笑，随即饿虎擒羊似的一个箭步朝中年人猛扑过来。好一个中年人，只见他不慌不忙地闪过一旁，迅速提起右脚朝卖艺人的小腿狠劲一踹，只听"哎哟"一声，卖艺人即刻倒地。说时迟，那时快，中年人瞅个正着，旋即双手用力地把卖艺人一抱，然后，以迅雷不及掩耳之势，往外猛力一扔……见卖艺人趴在地上动弹不得，中年人忙上前把他扶起，"承让了，承让了。"

"耶……好功夫！"一阵震耳欲聋的欢呼声从操场四周响起……少顷，好几位乡亲围着中年人问，何时学得这么好的功夫？

村主任笑吟吟地说，嗨，他呀，在村砖瓦窑里当了几十年的踩泥工，你们没见刚才他那干脆利落的一踹、一抱、一扔，就是踩泥工的看家本领。试想，数十年如一日练这几招，不就练出真功夫么？只是卖艺人恐怕不仅仅输在功夫上啰。

（原载 2011 年 3 月 21 日《羊城晚报》）

选谁好

大坑村的村班子又换届了。

经过民主推荐、组织考察等程序后，当最终确定两位村主任候选人的消息一传开，不少村民私下都在议论：一位是前任村主任狄二牛，一位是现任村主任狄大可，到底选谁好？

提起狄二牛，村民们对他几乎毁誉参半：上一届，他30出头任村主任后，凭着一股子闯劲，招商引资办起了全镇第一间马铃薯加工厂，短短几年，村集体经济收入翻番，村道铺成水泥路，村民喝上自来水，村容村貌大为改观。他敢抓敢管，组建了全镇首个治安联防队，让村民们过上了安稳的日子。然而，不少村民都说二牛态度粗暴，缺乏人情味。尤其是为创建"无毒村"和整治乱占耕地建私房之风，二牛的铁面无私，更让一些村民心怀不满。

说到狄大可，村民们也都心中有个谱：他早年外出打工，后返回镇里搞房地产，赚得盆满钵满。上次换届时，已不差钱又想求名的他巧施小恩小惠，致使一些原本支持二牛的选民陆续转舵，结果，以10票之差胜出。然而，他当村主任这些年碌碌无为，基本上是吃二牛当村主任创下的老本；还说要吸取二牛的教训，对一些违法现象和歪风邪气睁只眼闭只眼，村里的治安状况大不如前几年。

这回又一次狭路相逢，二牛和大可心态各异：二牛欲东山再起，却没有整啥动作。大可为确保连任，又故技重演，组织一帮人,频频出入镇里机关和大小饭店,以及各家各户,上下打点,还悄悄地给每位选民送上几百元……

　　见二牛没啥动静,而大可攻势强劲,许多村民不禁为到底该选谁而伤脑筋。一天深夜,年近七旬的老支书狄石登门找二牛问个究竟。二牛漫不经心地说,顺其自然吧。顺其自然? 老支书霎时抬高了嗓音。少顷,语重心长地说,你当村主任时创下好端端的局面,如今都成啥样啦? 要相信公道自在人心。咱就不信,一两顿酒菜,三几百元就能把所有村民的良心给买喽。紧接着,老支

全民微阅读系列

书就如何演讲,到时准备帮一把等细节,如此这般地精心谋划了一番,二牛终于点头称是。

那天上午,选举村主任的大会如期举行,村东头偌大的礼堂里座无虚席。当主持人作了简要说明,一念到狄大可的名字,快五旬的他便跃上主席台,挺胸抬头,亮开抹了油似的嗓门,口若悬河般大谈其当年如何在外闯荡江湖,继而又滔滔不绝地对生意经侃个没完,扯了近半个小时后,才转入这些年当村主任的话题,又挨了 10 多分钟,却说不出个子丑寅卯。说到今后,依旧套话连篇。此刻,台下不少人在悄声议论……

乡亲们!善于察言观色的大可猛一拍胸脯,忽地提高了声调,我狄某见过大世面,也不差钱。假如让我连任,往后逢年过节的,我另外给大伙发红包……刹那间,会场一片哗然,某些角落里响起了嬉笑声,口哨声……

请安静!现在,有请狄二牛。主持人一说完,二牛稳步走上主席台,他先向大伙深鞠一躬,尔后用平缓的语调,如数家珍般简要回顾了前几年当村主任办的近 10 件实事,并恳切地对那几年某些工作方法失当深表歉意。最后,他婉言道,如果有机会再当选,将竭尽全力,把当年想办但还来不及办的几件实事办好。前后不到 10 分钟,二牛便干脆利落地结束了演讲。

让我说几句!主持人一见是老支书,随即做了个请的手势。狄石亮开嗓门,语调沉稳地开了腔:俗话说,"不怕不识货,最怕货比货。"两任村主任谁更靠谱?刚才他俩讲得咋样?大伙心知肚明。相信每个人都在考虑选谁更好。现如今该如何评判一个村主任的好歹?我琢磨着,有担当、敢想敢干、敢抓敢管、能办实事、办成实事的,才是个好村主任;不办实事、患得患失,只会混日子的老好人,绝不可能当好这个村主任!

老支书的话掷地有声,会场顿时安静下来,转瞬之间,村民们开始三五成群,嘀嘀咕咕地开起了小会……

少顷,终于开始投票了。起初,好些人陆续向写着大可名字的票箱走去。然而,仿佛是小半支烟的工夫,越来越多的村民朝二牛的票箱涌去……

当主持人宣布完新当选村主任的名字后,会场内,村民们争相上前祝贺二牛;会场外,大可那孤独的身影渐渐远去……

（原载 2011 年 7 月 3 日《南方日报》。被 2011 年第 22 期《微型小说选刊》转载）

一场游戏

阵阵笑声,笑声阵阵……

近十位多年未见的老同学好不容易聚会,大家伙兴致勃勃地说事业、谈家庭、聊人生、侃趣闻……满餐厅全都是杯盏拥吻之声、嬉笑声……

酒过三巡,矮个子小祁突然提议,过些天又是黄金周,咱们老同学难得一聚,不如结伴到某省旅游几天,潇洒走一回。

好主意!瘦高个大秦抢先表态,另有几位立马附和。

来自乡下的三位女同学在悄声议论:主意虽好,某省咱也没去过。可大老远的往返机票及食宿开销,可不是个小数目哟。

我倒有一计,可解决大部分的开销:安排一场游戏,大伙都当一回演员,请凤兰和大明唱主角,其他人当亲友团,让这次旅游更刺激、更好玩。老班长——聚会召集人老艾正色道。

一场游戏?当演员?凤兰和大明唱主角?当亲友团?一个个问号直往老艾扔去。凤兰和大明则一脸茫然。

嗨,现如今好些电视台都在争相创办征婚类节目,帮离异或丧偶者再续良缘。据说报名者甚众,节目那是相当的精彩,收视率那是相当的不俗。老艾窃笑着说。

切,啥相当的精彩,啥相当的不俗,要我说呀,这类节目净瞎搞,真无聊,那是相当的俗,简直是俗不可耐。大秦一脸不屑。

真老土!这才叫浪漫、时尚、新潮嘛。小祁满脸坏笑。

还是让老班长说具体些。一直笑而不语的老史终于开了口。

老艾又笑着说，从刚才的自我介绍中，按电视台的规定，咱们这些老同学当中，只有凤兰和大明符合参加这类节目的条件，他俩若报名应征，大伙都上一回电视，女士当凤兰的亲友团，男士做大明的亲友团。这样，咱们往返某省的机票和食宿都由电视台给包了。节目录制完后，再玩一两天的开销就轻松多啦。只是凤兰和大明一定要牵手成功，牵手成功后，还有好戏在后头哩。

老艾抿了一口酒，继续说，我再重申，这纯属一场游戏，旨在为这次旅游增添点乐趣。如果凤兰和大明不介意，大伙又认可，就这么着。

一阵窃窃私语过后，乡下来的那三位女同学开心地笑了，其他几位在纷纷说好的同时，都把目光集中到凤兰和大明身上。老史见凤兰和大明有些迟疑，便揶揄道，这可难为他们俩啰。

哎，还顾虑个啥？人生不就是一场戏吗？都是过来人了，演戏嘛，何必当真？你们俩当年在校时不是经常同台演唱《老两口学毛选》？老艾说得言恳意切。沉默了几分钟后，凤兰终于落落大方地说，听老班长的，权当一场游戏吧。大明也嘿嘿嘿地点头傻笑。

耶！又是阵阵笑声，笑声阵阵……

少顷，老艾又把如何与电视台联系，出行的日期、路线，怎样演好角色，以及在录制现场的注意事项等细节，逐一做了交代。

几天后，外省某电视台果然同意了凤兰和大明的报名申请，并确定了现场录制的具体日期。于是，老同学们按照电视台通知的日期和要求以及预先的约定，准时参加电视台征婚节目的录制。哎，还别说，当轮到凤兰和大明登场时，凤兰和大明起初还有些不适应，但很快就淡定下来了，由老同学组成的两个亲友团也迅速进入了角色。紧接着，自我介绍、相互提问、心理测试、亲友团助威、选择……一切都按程序顺利进行。

有趣的是，凤兰、大明两位主角和扮演亲友团的老同学，自始至终都偷着乐，场面热闹，笑声阵阵……

约摸半个小时，所有程序进行完毕，凤兰和大明理所当然牵手成功。当音乐响起，主持人为他俩送上某公司赞助的纪念品和3000元的约会基金。

10多分钟后，一帮老同学回到下榻的某大酒店的龙凤厅，酒菜一上齐，老艾与凤兰和大明小声嘀咕了一阵后，笑容可掬地说，祝贺凤兰和大明"牵手成功"，纪念品归他俩，一人一部手机。钱嘛，凤兰和大明说了，大伙儿一块花。现在，请大伙儿开怀畅饮。

小祁大呼过瘾：哎嘿，凤兰姐和大明兄演得真像，咱们的演技也不赖，这场游戏有滋有味，真棒！既丰富了出游节目，又让咱们过了一把上电视的瘾，多亏电视台帮咱节约了一大笔开销，还让某公司请撮了一顿。真可谓一石数鸟，爽！

哈哈，又是笑声阵阵，阵阵笑声……

（原载2011年7月11日《羊城晚报》。被2011年第15期《小小说选刊》、2011年8月22日上海《文学报》转载）

主 位

"都12点半了,客人快到齐啦,小其呀,快打电话再催催你舅公,咋这么难请啊,嗨⋯⋯"老父亲满脸写着"焦急"二字。

此刻,新郎官、副镇长牟小其的心哟,就像"十五只吊桶打水——七上八下"。半个月前,小其本想婚事新办,却拗不过父母大人的再三坚持,只好整个小范围的婚宴,如今六桌的亲友、两桌的同事,已到得七七八八了,唯独舅公连催了好几回,却迟迟未见人影。

说来也是,在咱小镇上流传这么一句俗语:"天上雷公,地下舅公"。于是,就有了一个不成文的规定:凡摆婚宴,主位非舅公莫属。舅公未到,婚宴不能开席。当舅公的大多为了显摆而姗姗来迟。

说到舅公,小其还心有余虑哩:那是两个月前,舅公所在村庄有片山坡地即将被市里某个大项目征用,舅公和一些村民临时抢种果树,带队前往处理此事的小其,压根没给舅公留半点情面,由此惹恼了舅公。没准是怨气未消,如今小其大喜之日,小其和老父亲前几天已登门恭请,今天上午又一请再请,舅公仍然不说来,也没说不来。

想到这,小其好不容易又一次拨通了舅公的手机,舅公依旧不哼不哈。瞅着几桌都在盼着早点开席的亲友和同事,小其硬着头皮再次恳求道,我的好舅公咧,快一点钟了,大伙都在等着你哩,求求你赏个脸,快来吧。

等,再等……瞬间又过去了半个钟头。

正在这当口,佘镇长到了,这让小其有点儿措手不及,舅公左请右催还未到,却又添棘手之事:以往大凡婚宴请客,佘镇长从不到场。只是出于礼貌,加上其他两位副镇长都请了,小其前些天还是给佘镇长送去了请柬,没想到他竟然破例来了。现如今一个是顶头上司,一个是尚未到场的舅公,这主位该请谁坐?小其的头皮不禁阵阵发麻:时下碰巧临近换届,全镇上下盛传镇委书记升迁在望,佘镇长也极有可能"水涨船高"接任书记,而小其与佘镇长的关系却不冷不热。咋办?请佘镇长坐主位吧,等会舅公到了咋办?可主位仍留着,眼下佘镇长又往哪摆?值此事关仕途的非常时期,佘镇长也惹不起哟。

几经掂量,犹豫了片刻,小其终于把正在与同事打招呼的佘镇长往主位上请。我坐主位合适么?佘镇长一边哼哼哈哈,一边在小其的搀拥下,半推半就地朝主位走去。

真是无巧不成书啊!就在佘镇长的屁股刚挨着主位凳子的那一刻,小其的舅公一步三摇地踏进了婚宴大厅,小其一见,忙不迭地迎上前去。这时,舅公的双眼朝主位一瞥,见有人坐着,原本板着的脸忽又一阴,立马拂袖而去。

唉……瞧这事给闹的!老父亲急三火四地追出大厅外……

宾客们面面相觑。紧接着,悄然响起一阵嘀咕声……

把这一切都看在眼里的佘镇长,猛然想起当地婚宴那不成文的规定,顿觉有些不自在。踌躇了一阵,便起身浅笑着对小其说,哎,真不好意思,我突然想起有件要紧事要办,先走了。等会把你舅公请回来后,你们就开席吧。说完,不顾小其的再三挽留,快步离去了。

几分钟后，老父亲独自返回。

"咋啦？这点薄面还是不给？"小其满脸问号。

老父亲一脸尴尬地说，主位没了，他还回来做甚？

宾客中又是一阵嘀咕声……

望着那仍然空着的主位，小其内心五味杂陈：这下可好，把舅公和顶头上司都给得罪了。哎，这叫什么事哟。莫非这日子没选好？然而，时间不容小其多想，他睁大有些恍惚的双眼，又一次朝几桌的亲友和同事左瞧瞧，右瞄瞄，与老父亲耳语了几句后，猛地抬高声调，朝餐厅经理一声喊："上酒菜！"

婚宴总算开席了，小其和新娘子逐台为亲友和同事们敬酒。尔后，亲友和同事们也频频与小其和新娘子推杯换盏，大厅里响起了阵阵嬉笑声、觥筹交错声……恍惚之间，小其还不时忑忑地瞟一眼那空着的主位。

兴许是人逢喜事，抑或是心神欠佳，凡来敬酒，小其不顾新娘子的劝阻，杯杯见底，于是乎，婚宴尚未散席，小其已醉得一塌糊涂……只听他不停地喃喃自语："为啥非……非设主……主位不可啊……"

（原载 2011 年 7 月 24 日《南方日报》）

打个报告来吧

深秋之夜,雷浩邀在家休假的老同学庄敏到某大酒店小酌。庄敏打趣道,"有啥喜事,非要如此破费哟? "

酒至半酣,雷浩嘻嘻一笑,"我过两天要到 A 市任代市长,有件事想求您帮个忙。""这可是大喜事呀,咋还有事求我?"庄敏快人快语地问。

雷浩拍拍脑门儿, 似有些隐忧地说,"赴任那天要在全市处级干部见面会上发个言。我琢磨着,这个发言的分寸颇难把握,因为 A 市市委书记是位老同志,发言说得太好了,或许会惹老书记不高兴;可说差了,台下的处长们势必另眼相看,这事实在是不好拿捏呀。老同学,你是这方面的高手,前些年在省政府办公厅当处长时,常为省级领导写讲话稿,而今又是省作协的专职副主席,鼎鼎有名的大作家,这事很想听听你的高见。"

庄敏一听,沉思片刻,自告奋勇地说,这样吧,"我晚上试写个稿子明天给你,咋样? "雷浩双眼一亮,"此话当真? "庄敏满脸正经,"嗨,咱俩谁跟谁呀,岂能有假。"雷浩似有些大喜过望地说,"这再好不过了。"

第二天上午, 庄敏将熬了大半个通宵写好的发言稿递给了雷浩,雷浩接过连看了两遍后,边拍脑门,边连声赞叹,高手就是高手! 全文仅千把字,却把该说的都说了,既兼顾全面,又繁简得当;既颇有水平,又谦谨有度,分寸把握得恰到好处。当晚,雷浩又把发言稿从头到尾看了好几遍,直至熟记于心。后来,雷浩在见面会上的发言一结束,老书记动情地站起身来握紧了他的手,台上台下一片掌声……

　　也许是这个头开好了,打这以后,雷浩在 A 市各方面的工作也都顺风顺水。数月后,A 市召开全市人大代表会议,雷浩全票当选为市长。

一个月后，省里颇有名气的几位玩摄影和美术的哥们找到庄敏，几杯清茶品完，一哥们儿嘿嘿一笑，"A市有个景区的山水颇有特色，咱哥们几个想去那小住几日，整些照片，画些画，参加下个月在某省举办的全国摄影赛和画展。听说你的老同学在A市当市长，你可否去个电话，让他安排接待接待，酌情优惠一下？或者同景区方面打声招呼，食宿费用给打个折？"

庄敏脱口道，"这可是双赢的好事，你们又不是白吃白住，只是给予优惠。再说，这也正好借此机会帮他们景区好好宣传和推介一下，这事应该没问题。"于是，他当着几个哥们的面，拨通了雷浩的手机，等他简明地把话说完，雷浩很爽快地说，"行啊，你先在我市找个对口部门做个方案，打个报告来吧，到时再研究一下。"

找个对口部门做个方案？打个报告来？到时再研究一下？庄敏忽觉心头一紧，额头一麻，面呈尴尬之色。几位哥们也面面相觑。

少顷，还是庄敏打破僵局，这么着吧，我先联系联系，请哥们几个静候佳音。

几天后，庄敏给一哥们回电话说，已在A市找到一个对口部门，他们很乐意帮忙打个报告找雷市长批一下，只是报告送来转去的，加上雷市长工作繁忙，这事没准还得再等几天……

没想到庄敏的话还没说完，那位哥们就笑嘻嘻地说，"有劳哥们费心啦，实不相瞒，与你分手后的当晚，咱哥们几个担心时间来不及，已通过其他关系直接联系到那个景区的负责人搞定了，食宿费用五折，影画作品大赛后赠给景区。谢谢啊。"

庄敏猛一愣，脸一红，好长时间都没回过神来。

斗转星移，数年过去，A市换届在即，老书记也已到龄。雷浩内心觉得，这应是一次机会。于是，他不禁又想起了不久前因一部长篇小说得了茅盾文学奖而名声大噪的老同学庄敏……

某日，庄敏突然收到雷浩发来的手机短信：老同学，我来 A 市工作这么多年了，你咋不来看看我哟？现如今你已是国内当红大作家，有件事想求你帮个忙，我市正在创建文化强市，你可否帮我请省内外一些著名的书画家、作家来我市小住几日，采采风，画些画，为我市书画院提高提高品位；写些大文章，为我市宣传宣传？

"咋又想起我了？"读罢短信，庄敏心中突然涌起一种五味杂陈的感觉。第二天，他给雷浩回了个短信：已遵嘱同省内外好几位著名文化人联系过，他们都很爽快地说，行啊，请转告雷市长，让他先在市里找个对口部门做个方案，打个报告来吧，到时再研究一下。

（原载 2011 年 11 月 3 日《文艺报》）

洋货迷

好些人都说凤秀是个“洋货迷”。平日，她穿的、戴的、拎的……几乎都要想方设法弄个进口名牌货。这不，前些天，她的老妈福梅与几位老同事去意大利旅游。机不可失，凤秀叫老妈买回一只意大利名牌手袋。

寄宿在校刚回到家的小娜，好奇地从母亲凤秀手中抢过手袋，左看右瞄了一阵，忽然直嚷嚷：“姥姥，错啦，错啦！”

“错不了！乖孙女，这可是姥姥花了几千元，在意大利逛了好几家大商场，千挑万选的意大利名牌手袋。”福梅正色道。

小娜噘起嘴，手指着那组鸡肠似的洋字母，嘟囔道：“姥姥，老妈，这招牌上写的可是‘中国制造’哟。”

恍如当头一瓢冷水，福梅愣住了。凤秀一脸沮丧地说：“嗨，这可是‘老鼠跌落糠头瓮——空欢喜’。”

“中国制造”咋啦？回过神来的福梅笑盈盈地说：“如今‘中国制造’的各种紧俏商品不都强势进入许多国家的市场么？干吗非要外国货呢？前一阵子，某些外国的副食品使用有害添加剂，不是也曝光了吗？”

“你不懂，老妈子，我们单位里好几位女同事用的手袋，可都是清一色的进口名牌，真让人羡慕死了。”凤秀悻悻地说。

福梅呵呵大笑：“这好办，你干脆把招牌剪掉，不就得啦。这年头，某些商品出口到境外转了一圈回来，就成了进口货。没准你单位那几位女同事用的手袋,也是这类冒牌货呢。"

两天后,凤秀一上班,满面春风地拎着那只新手袋,逐间办公室晃荡了一圈,一些女同事嘴里啧啧有声:"哟,好漂亮的手袋,哪儿买的? 啥牌子?"凤秀立马摇头晃脑地说:"嘻嘻,这是我老妈刚从意大利买回来的名牌货!"

几位男同事在一旁小声嘀咕:"瞧她那洋洋得意的酸样,好像只要是进口名牌,就高兴得找不着北了,真是名不虚传的'洋货迷'。"

这天中午下班前,凤秀经过业务科时,见好几位女同事围着男同事小纪,在电脑前七嘴八舌地议论。她走近一看,原来是在订购时下网络较流行的女 T 恤。少顷,见那几位女同事请小纪订好货陆续离去后,凤秀也要小纪帮忙订购。

小纪一看是"洋货迷",便浅笑着指向屏幕上几款女 T 恤,说:"这些都是今年夏季流行的最酷的名牌货,你自个挑吧。"凤秀很快看中了一款外国货,但又不经意地说:"不知胸前那些鸡肠字写的啥意思?""大意是'我很酷,我……'"可未等小纪说完,急性子的凤秀就打断道:"行啦,这个款式不错,色彩搭配时尚,也正合我的幸运色,我喜欢。"

小纪似乎想劝阻,便再三提醒:"我刚才的话还没说完哩,真的要这款? 你可要看清楚,想明白哦。"

"就要它了!"凤秀语气笃定。

"好咧!"小纪强忍住笑,问明码数,照价收了款。数日后,小纪果真把收到的那款进口名牌 T 恤交给凤秀,凤秀第二天便兴高采烈地穿上了。

又是一个周末之夜,小娜从学校归来,目不转睛地盯着凤秀身上那件 T 恤,旋即满脸惊诧地大声疾呼:"妈,你这是从哪弄来的垃圾？快扔掉！"

"这可是进口名牌货哟！"凤秀一副影视明星的口吻。"别穿了，真是羞死人！"小娜几乎是在吼了。

在凤秀的再三催问下，小娜终于羞红着脸，悄声说出了 T 恤正面那组洋字母是"我很酷，我是婊子"。

"啊……"凤秀浑身一颤，这才想起这些天，每当穿上这 T 恤上班或逛街，便引来好些年轻人怪异的眼光和窃窃私语，而自己还傻乎乎地以为别人是在羡慕呢。唉，这回丢人可丢大了！片刻之间，一种莫名的羞辱，夹杂着深深的懊悔，一齐涌上脑门……

（原载 2011 年 11 月 13 日《南方日报》。被 2012 年 1 月 9 日上海《文学报》、2012 年第 3 期《小小说选刊》转载。入选《小小说美文馆》系列丛书之《市井人物》一书）

这是真的吗

这天晌午，唐正刚放下饭碗，当村干部的表叔破门而入，阿正，机会来了，省城某大企业派人来村里招工啦。

省城大企业派人来村里招工，这是真的吗？唐正猛然想起半年前去省城参加大学同学聚会时，有位同学得知他仍在待业，主动提出帮他找工作。事后，他东拼西凑，如约给那位同学寄去3万元"活动经费"，结果石沉大海。这"一朝被蛇咬"的经历令他连打了几个问号。

相信这次是真的。来人带有招工表格、公章，其本人证件齐全，如今正在村委会，初中以上学历均可报名，但要交300元报名费，村里好些青年都去了。说完，表叔连拽带推地把唐正硬拉到村委会。唐正一看、一问，果真如表叔所说。但想起那次被骗之事，不禁面露疑惑：老同学都靠不住，来人素不相识又岂能轻信？表叔看出他仍有余虑，或许又没带钱，便鼓动道，"给，这300元拿去报个名试试吧。"

真是时运不济，来招工者承诺的录取通知时间过了一月又一月，还是杳无音信。看来，那300元又打水漂喽。

又过了一个月，在外地打工的唐正突然收到表叔发来的短信：速归！唐正迅速拨通表叔的手机细问究竟，表叔却卖了个关子：回来你就知道了。

回到村里找到表叔，才知道同其他镇一样，镇政府近日向社会公开招考公务员。唐正立马反问道，"这回是真的吗？"

"这回应该是真的。尽管咱们镇只有一个名额，但也许是你的一次机会哩。"表叔说得有板有眼。

"可我一无背景，二无关系，三缺人民币，谈何容易啊！"几片愁云悄然跃上唐正的脸。

"嗨！我打听过了，这回招考公务员，保证公开、公平、公正。连面试都是外县派人来交叉进行的。你学习成绩一向不错，且为人机灵，口齿伶俐，为啥不去试试呢？"表叔苦口婆心地再三劝道。

也许是表叔的劝说起了作用，唐正经过一番准备之后，认真地参加了笔试，然后，又认真地参加了面试……

时隔半月的某个阴雨天，表叔又找回唐正，满脸困惑地问，"阿正，我了解过了，镇政府这次公开招考公务员笔试时，你名列200余名应考者之榜首，最终录取的却是笔试第3名。据说是你面试时搞砸了。这是真的吗？"

"面试搞砸了？记得当时几位面试考官所提出的问题，我都一一认真作答，而且是比较快速、准确和流利的。更主要的是，那几位考官听了都满脸笑容地相互频频点头。"说完，唐正一脸委屈。

又是一个春暖花开季节，表叔好不容易把唐正从外地叫回来，兴冲冲地对唐正说，这几天市里某局的局长来村里挂钩扶贫，那位局长听说了你报考公务员的事，很想见一见你。

虽说"事不过三"，但经不住表叔的左说右劝，唐正还是跟着表叔去村委会见了那位局长。一见唐正仪表不俗，谈吐举止又颇为得体，那位局长顿时心生几分好感。随后听说唐正学的是计算机专业，更是双眼一亮：局里正缺这方面的人才。但仍不露

最佳人选

声色地问唐正，"假如有单位聘用你，是否愿意？"

唐正暗暗打量一下眼前这位身材瘦小、肤色偏黑、五官也不咋的局长，旋即淡然一笑，"这不太可能吧。"

两周后，表叔又将唐正叫回村，眉飞色舞地说，阿正，这回绝对是真的！你快看看这个。说完，递过去一份通知书。唐正一看，只见上面写着：唐正同志，我局决定聘你为计算机管理员，试用期半年，月薪暂定 2500 元。你若有意，请收到本通知 10 天内前来我局人事科报到。落款正是市里来本村扶贫的某局。

"嘿嘿嘿……"唐正突然一阵冷笑。表叔忙问为何冷笑？

这可能是真的吗？唐正收起笑容，"哧"地一声，那份通知书刹那间被撕成两半……

"你……也许这回是真的呢。"表叔仍想劝唐正再信他一次。

唐正一字一顿地说，"我的好表叔啊，那位局长与你、我非亲非故，咱们又没有任何表示，怎么可能天上掉馅饼？咱被忽悠得还少吗？况且，瞧他那相貌也不像是个局长！再说了，那份通知书连公章也没盖一个啊！"

一眨眼过了数月，市里来扶贫的某局一位副局长来村里调研时，找到唐正的表叔问，唐正为啥不去报到？唐正的表叔一听，笑着说，他昨日正好回家来看望生病的母亲，我这就去把他叫来。少顷，那位副局长仔细瞅着已站在面前的唐正，不禁频频颔首，尔后笑眯眯地问，"为何不去报到？"

唐正悄声说，"没别的，就是不相信是真的。"

"唉！"那位副局长扼腕叹息道，"你咋就不相信是真的呢？这可是咱们局长数月前来这里扶贫时，见过你之后，觉得你是可用之才，真心想帮你，回局后没几天便召开局领导班子会议讨论决定的啊。只是那天人事部门发通知一时疏忽，忘盖公章。10

天期限过后,局长还叫人打电话与你联系过,可惜没打通。直到上月初,局里才另聘他人了。"

"啊……"唐正一脸复杂的表情。

（原载 2012 年 4 月 27 日《文艺报》。被 2012 年第 15 期《微型小说选刊》转载）

一个镇级篮球队的兴衰

为了创建体育强镇，篮球运动基础较好的泰山镇，终于下决心组建一个"泰山篮球队"，并夸下海口：一年拿下县冠军；两年夺得市冠军；三年勇夺省冠军。为全镇人民争光。

消息一传开，镇里好些群众哑然失笑，不少网民猛拍砖：一个镇级篮球队，三年拿下省冠军，吹吧！

吹什么吹？本是篮球爱好者的镇委书记和镇长言出必行，仗着镇里有的是钱，在本镇精选4名尖子，从省体校毕业生特招5名篮球高手，花重金从外省"挖"来3名省级篮球队主力队员，高薪聘来国家篮球队退役的教练当教练，曾经是县篮球队主力队员的镇党委委员蓝柯兼职当领队。同时，相应制订了一系列激励和保障措施。紧接着，紧锣密鼓地进行封闭式高强度训练……

三个寒暑过去，泰山篮球队如期登上全省篮球锦标赛的冠军宝座。队员们人均奖金10万元。泰山篮球队登报纸、上电视……又过了一年，泰山镇终于拿到了全省体育强镇的牌匾。

然而，让队员们感到压力日渐加重的是，镇委书记和镇长明确要求篮球队要争取二连冠、三连冠，再为全镇人民争光。并猛拍胸脯：每卫冕成功一次，奖金人均增加10万元。

兴许是有志者事竟成吧，一晃几年过后，泰山篮球队又如愿以偿，连续夺得二连冠、三连冠。队员们人均奖金30万元。不久，泰山镇从京城扛回了全国体育先进镇的金牌。领队蓝柯荣升为副镇长，队员们入党的入党，评劳模的评劳模……镇府拨出专款，为队员们实行免费医疗，增加生活补贴……

有人说，喜极生忧。队员们尤其是蓝柯和教练常有些隐忧：现如今球队已处于巅峰状态，可没准镇领导啥时候脑袋瓜一热，又加压呢？

果然，又过了一年，镇委书记高升，镇长接任书记，新书记和新镇长上任一个月后，双双看望篮球队，又提出要继续为全镇人民争光，争取四连冠。并郑重承诺：届时人均奖金翻番。临别时，扔下一句话：可别给我们俩丢脸哟！

不知是压力太大，还是那 60 万元奖金太有诱惑力了，这回从封闭式训练一开始，队员们经常吃不香，睡不宁：实现四连冠谈何容易啊？这些年来，队员年龄老化，满身伤痕，加之打法上又无啥新招。更让蓝柯和教练揪心的是，实现三连冠时，已是仅以一分的优势险胜的。

冬去春来，又一届全省篮球锦标赛开锣，泰山篮球队首战居然败走麦城。之后又输得一塌糊涂。镇委书记打电话把蓝柯骂得狗血淋头。蓝柯则暗自叫苦：活见鬼了，队员们天天闹失眠，骂顶屁用！结果，半个月的鏖战一鸣金，泰山篮球队竟无缘进入前三名。返程的前一天下午，蓝柯突然接到镇党政办公室副主任小韦的电话，小韦不冷不热地说，"镇领导叫你们明天买票坐班车回来，班车时间记得发个短信通知我。"

"为啥？"队员们不停地问蓝柯。"为啥？如此惨败，还敢想镇里像前几回那样派专人专车来接？做梦吧！"蓝柯有气无力地说。

第二天下午，当队员们坐班车回到镇车站，一个个呆若木鸡：以往那种镇领导亲自带队，人山人海，红旗招展，锣鼓喧天的热闹场面已成幻觉，书记、镇长也无踪影，唯有小韦一人朝着几步开外那数十位青年男女拼命地挥手：去去去……

见队员们都下了车，小韦不紧不慢地迎上前去，悄声同蓝柯解释："镇领导都很忙，叫我做代表了。那些青年男女不知是从哪里冒出来的，你们别在意。"队员们顺着小韦的手势望过去，只见那些青年男女大多手中拿着白旗子，上面画着各种怪异的图案：有的像只鸭蛋；有的像倒竖着的大拇指；有的像王八……另有十四人举着的黄色旗子上竟画着棺材……

瞅着这些利剑般的图案，队员们的脸一个个变成了猪肝色……少顷，那些青年男女又阴阳怪气地直嚷嚷："热烈欢迎为全镇人民丢尽了脸的扯白旗篮球队归来！""还是尽早散了吧，从哪里来滚回哪里去，别在咱这丢人现眼喽！""司机同志应该把他们送到镇卫生院的太平间里去……"

这些钢刀似的话语，直插队员们的五脏六腑，他们的嘴角剧烈地抽搐着，双手不停地颤抖着……突然，蓝柯脸色煞白，晕倒了……

（原载 2012 年 4 月 29 日《南方日报》，被 2012 年第 13 期《小小说选刊》转载，入选《小小说美文馆》系列丛书之《苍生百相》一书）

小伍应考

几位亲戚一到齐，伍大成便朝儿子使了个眼色，小伍，叫服务员倒酒上菜吧。

酒过三巡，菜过五味，小伍的大舅笑呵呵地问大成父子俩，"嗨，又不是外人，有事尽管吱声，干吗如此破费？莫非有啥喜事？"

"是啊，是啊。"小伍的姨妈、表叔、姐夫附和道。

"是有件事……"大成字斟句酌地说，"说来见笑，小伍大学毕业快一年了，仍在家待业。最近，县某银行向社会公开考试招人。我琢磨着，这是个机会。但又拿捏不准，想请大家出个主意。"

众亲戚一听，连声说，好事，好事，都一致鼓励小伍应考。在县某银行供职的大舅粗声大嗓地说，"小伍学的不就是金融专业么？蛮对口嘛，应该去搏一搏。只是考试前后要四处活动一下。"曾在县人事局当过人秘股长的姨妈轻咳了一声，"是啊，笔试、面试、录取等，每个环节都要打点哦。"在县教育局办公室当副主任的表叔嘿嘿笑道，"现如今就这么回事哟。"开超市的姐夫打了个饱嗝，"要我说呀，'无水不行船'，这事还得准备些经费咧。我看小伍能成气候，花点钱也值。"

见亲戚们都如此说，大成本打算趁机开口，但转念一想，还是过几天再逐个登门细说为好。于是，又呵呵一笑，"到时还得有劳各位多费心哟。"

众亲戚一个个直点头："好说，好说。"

几天后，大成先去找小伍的姐夫借点经费。见岳父大人登门，小伍的姐夫又是让座，又是上茶。待大成一摊牌，小伍的姐夫始而一愣，继而不冷不热地说，"哎呀，甭说借，就是给5万元也不是个事。无奈那天饭桌上你又没明说。前天，我去省城进了一批货，已倾尽了手头所有流动资金。眼下已是'手长衫袖短'，心有余而力不足喽。要不，你去找小伍他姨妈？"

见大成的后脚一踏出门外，小伍的姐夫便嘟哝道："一无脸面二缺钱，要考银行？还想借5万元？想得美嘞！"

首仗出师不利。大成没有气馁，转头去找小伍的姨妈，想托她去县人事局打听某银行招人考试的内容及范围，没想到又碰了一鼻子灰。小伍的姨妈说，"我离开人事局已好几年了，人事局的局长们、股长们都换了好几茬，找谁去？哦，小伍他表叔或许有办法，你找他去？"岂料，大成找到小伍的表叔，他也说得很委婉，"我打听过了，某银行考试是省里统一出的题，没辙。对了，小伍他大舅在某银行工作，你不如去找他？"

……

那晚，大成面对着小伍的询问，一脸的尴尬和无奈：真没想到那几位亲戚到了关键时刻，一个个都变了腔调，唉……

小伍宽慰道，"老爸，亲戚们靠不住，你不是有好些学生吗？何不去找他们试试？请老爸放心，我一定认真准备，好好考。"

"对！老爸虽是穷教师一个，但也有学生在省、市、县政府机关或银行部门任职，我明天找他们去。"大成似乎又有了主意。

也许是功夫不负有心人，或者真是大成昔日的学生帮了忙，一个多月后，小伍终于正式成为某银行的一员。

就在小伍准备到某银行上班的前一天晚上，小伍的那几位亲戚又是大包小袋，又是满脸笑容的登门道喜来了，一落座，小伍的姨妈振振有词地说，"小伍这次应考，我虽然没帮上什么忙，可我当时是极力主张小伍应考的啊。"小伍的大舅嗫嚅着说，"小伍笔试、面试过关后，我有同单位领导说过。"小伍的表叔接口道，"不管咋说，咱们好歹还是出了一些好点子嘛。"其他几位鸡啄米似地直点头。

又寒暄了一阵，小伍的姐夫嬉皮笑脸地说，"哎，我当初说过，小伍能成气候。你们仔细看看，小伍这相貌，啧啧啧……有多堂正！没准三年两载之后还能混个信贷经理当当呢。小伍呀，到时姐夫我需贷点款啥的，你可要高抬贵手啊。"

小伍听了，猛拍前额……

大成急问，"小伍，咋啦？"

"没啥，我只是突然觉得有些脸红耳热。"小伍似不经意地说。

（原载 2012 年 8 月《惠州文艺》、2012 年 9 月 16 日《南方日报》）

你记住了吗？

大径村的人做梦都没有想到,高考落榜后,赴省里进修两年的二牛,数月前去镇上,进县城,奔市里,一路过关斩将,直至杀入全省青歌赛总决赛,扛了个金奖。翌日又成了省城某唱片公司的签约歌手。消息传到村里,全村每个旮旯都沸腾了:深山沟里出了个大歌星!

二牛回村那天,正值晌午,村民小组长洪叔和好些乡亲们都迎出村口,几步开外的二牛见状,突然抬头挺胸,并迈开了八字脚,本是客家人的他竟操起了普通话,拿腔拿调地对众乡亲说,"哦,哦,乡亲们好哇……"一位中年妇女上前同二牛打招呼,二牛愣了愣神,不冷不热地点了点头。

进了家门约摸 10 分钟,二牛家里外都挤满了人,欢声笑语一浪高过一浪……这些乡亲有的是想看一看奖杯是啥模样;有的纯粹是来凑热闹的;可也有不少人是觉着二牛载誉归来,没准带有靓烟,想来蹭一支靓烟抽抽。果然,还没等乡亲们坐定或站定,二牛就操着普通话对大伙说:"来来来,烟酒不分家。"说完,迅速从挎包里掏出一条红色包装盒的香烟,拆开一一递给大家伙。仿佛是眨眼之间,二牛悠哉地又从衣兜里慢慢取出一包红色包装盒的香烟,轻轻抽出一支叼在嘴里……

一位汉子仔细一瞅,心中猛一咯噔,这二牛分给大家的和自个抽的,虽然包装盒皆为红色,可给大伙的是红双喜,而他自个抽的却是"软中华"……那汉子便与旁人耳语着，很快，有人一脸不屑地悄悄抽身而退……仅半支烟的工夫，满屋子人你走我溜的尽皆散去。

见此情形，正在客厅陪着洪叔闲聊的二牛爸，一脸愕然，旋即拉着洪叔匆匆出门去了。

转瞬间到了傍晚，二牛妈对二牛说："你都累了一天了，赶紧去冲个凉吧"。

"叫我洗澡？"二牛思忖片刻，用普通话柔声说："老妈，你先洗吧"。

"什么？"二牛妈突然大声问。

二牛又说："你先洗，妈。"

"我先'死'？"二牛妈满头雾水，继而脸色骤变。

刚从门外进来的二牛爸，一见二牛妈脸色铁青，两手直抖，关切地问："二牛他妈，你这是咋啦？"

"咋的啦？你问你的不孝之子吧！"二牛妈气得直跺脚。二牛爸转身问二牛咋回事，二牛支支吾吾地和盘托出原委。

哭笑不得的二牛爸同老伴略作解释后，便朝二牛喝道："你呀，老爸退休前在镇中学教了一辈子音乐，没想到你这么不知天高地厚哟！不就是个省级金奖和签约歌手吗？现如今歌星满世界都是！我听洪叔说啦，你打一进村，走路姿势变了样，说话换了腔；秦大婶同你打招呼，你却假装不认得；冲凉即是洗澡，你同你妈向来都是讲客家话，数月不见，你偏偏把客家话'你先冲'改用普通话'你先洗'，而'洗'与'死'正好同音，你妈听了，岂不是要气晕了嘛！更不知深浅的是，我打听过了，中午乡亲们来看你，你送给乡亲们抽的啥，自个又抽的啥……"

二牛见父亲越说越激动，便转换话题："爸，这些我都知道了。我这儿有两张票，今晚我陪你和妈一起去县城看演唱会吧……"二牛妈正在一边生闷气呢，自然不愿去。二牛爸本来也憋了一肚子气，但一听演唱嘉宾里有他喜欢的歌手刘大成，就勉强答应了。

是晚，演唱会现场人山人海，二牛爸有点不适应，等了老半天，刘大成出场了，唱的是他的成名曲——《父亲，我记住了》，歌词是这样的：望着我的眼，父亲对我说，出了点名没啥了不得，没啥了不得，邻村的大娘跟你打招呼，你别假装不认得。我说父亲我记住了。拍着我的肩，父亲对我说，挣了几个钱没啥了不得，没啥了不得，村头你二爷的小屋就是脏，你也要去坐一坐。我说父亲我记住了。啊，父亲，孩儿我记住了，你总在讲你总在说，这世界离不开庄稼人，离开庄稼人谁也没法活，谁也没法活……

刘大成一边唱着歌，一边还和观众们亲切地互动着，时不时和这个握握手，时不时又和那个握握手，甚至还和二牛爸来了个深情的拥抱。

二牛爸一辈子没追过星，这回算是赚到了，全身像通了电似的抖，好半天才回过神来。二牛似乎也受到了感染，脸色复杂地怔在一旁。

回家路上，二牛爸拉过二牛的手，说："儿啊，你看人家这都成了名的大歌星，这歌真唱到我心里去了……以后，这首歌你要多听，还要会唱，更要用心唱好……你记住了吗？"

"哦……记住了。"二牛似懂非懂地点了点头。

（原载 2012 年 12 月 2 日《南方日报》，被 2013 年第 3 期《小小说选刊》转载，入选《中国小小说年度佳作 2013》一书）

底　线

　　说来也巧,宁正和柳尧打小在北方老家念书时,既是老乡又是校友。后来,他俩一同应征南下当兵成了战友。几个春秋过后,他俩一齐在当地转业成为同事和朋友。有趣的很,每逢节假日,他俩又是常在一起摸几圈的"牌友",人称"四友"。

　　又是一个黄金周。宁正原本打算外出潇洒几日。没承想,这天一大早就接到柳尧的电话,说是黄金周出游处处车海人潮,拥堵不堪,岂不是花钱买罪受? 倒不如去茶庄开台来得刺激和惬意哩。

　　宁正思前想后,终于拗不过柳尧。于是,俩人又邀了两位熟人,在某茶庄鏖战了一个昼夜又一个大白天。可柳尧还是觉得不过瘾,仍坚持晚上继续开战。

　　是晚9时许,刚刚清一色自摸的柳尧,兴奋得手舞足蹈。这时,手机突然铃声大作,柳尧有些不耐烦地嘟哝道:"嘿,老子的手气背了两天一夜,这会儿刚刚有了转机,又偏偏来电话,烦死了! "随即打开手机,瓮声道:"谁呀? "

　　手机里传出断断续续、有些凄切的声音:"大……大哥哦,前些日子,老爸他病……病重,你说忙。现如今老爸快……快不行了,你快回家吧。"

　　"啥? "正在兴头上的柳尧先是一愣。然而,一眨眼间,就若无其事地说:"哦,知道啦。"随后,仍神态淡定地继续埋头摸牌……

见此情形,宁正眉头一皱,内心顿生不快,随即扔过去一句话:"柳尧啊,我看就此散了吧?"

那两位熟人陆续站起身来。

柳尧却不紧不慢地对那两位熟人招招手:"没事,没事,坐下,坐下……"

约摸过了半个小时,柳尧的手机又骤然响起,他拿起手机,手机里传出了哭泣之声:"大哥啊,老爸他……他已走了……"

"啥?咋说走就走了呢?"柳尧又是一愣。少顷,他对着手机大声说:"这样吧,我叫你嫂子汇点钱回去,你们把老爸的后事给办啦。"说完,拨通了一组电话,没好气地吩咐道:"孩子他妈,老家来电话啦,我老爸已经走了,你记得明儿一早汇3000元回家。"尔后,又嘀咕道:"唉,他老人家已经九十好几了,在咱们乡下,这该叫喜丧。"话音一落地,柳尧又嘻嘻哈哈地嚷道:"来来来,摸牌,摸牌……"

汇3000元?还来?那两位熟人面面相觑。

宁正更是心头一紧:"柳尧这小子的孝心哪去了?麻将瘾真是忒大,太离谱了!本想发作,但一转念,仍耐心劝道:"柳尧,散了吧,你赶紧回家!"

柳尧左手死死攥着个麻将牌,右手紧紧拉住宁正的左手,嘴里不停地说:"别别别,不就是花点钱嘛,我已经叫老婆汇钱啦。反正现在回去也见不着面了。再说,这么晚了,要回去也是明儿的事。来来来,继续,继续……"

"你疯啦!没有天,哪有地?都啥时候了,还有心思继续!瞧你这德行!"宁正朝柳尧吼道。

那两位熟人满脸尴尬,瞄瞄宁正,又瞅瞅柳尧,劝也不是,走也不是。空气似乎瞬间凝固了。

柳尧眼一转,唇一咧:"嗨,谁跟谁呀,都几十年的哥们儿啦,至于动那么大肝火呀!"

"动肝火?我还想揍你呢!"宁正怒目圆睁,神情有些复杂地望着柳尧那原本十分熟悉、刹那间变得陌生的五官……唉,其实,宁正心里也明白,也许因为是"四友",加上自己比柳尧年长几岁,尽管柳尧平日有些这样那样的小毛病,都常以"金无足赤,人无完人"为由惯着他,只是不痛不痒地数落几句了事。如今柳尧的老父亲离世,可他这接二连三令人难以置信的言行,已经连做人最基本的底线和亲情都没了,宁正这回真的是忍无可忍了。亲情尚无,何来友情?

想到这,宁正猛然觉得这数十年来看走眼了,一种从未有过的懊悔悄然袭上心头,于是,他心中迅速拿定了主意……

少顷,宁正猛地将麻将桌一推,旋即站起身来,右手直指柳尧的鼻尖,继而五指并拢用力往下一劈:"从今往后,我再也没有你这样的朋友!"撂下这话后,迈开流星大步,头也不回地朝大门外走去……

（原载 2012 年第 24 期《小小说选刊》之《原创佳品》栏目）

猫狗情仇

"汪……汪汪……"大黄狗旺旺连叫了好几声,大花猫乐乐悻悻地后退了两步。少顷,乐乐又上前搭讪,旺旺又是一瞪眼,乐乐一脸无奈地离开了。

乐乐心里憋得慌啊!打从与旺旺一道跟随主人住进这被城里人称为"别墅"的新楼房起,乐乐就不断向旺旺示好,但是它的热脸总是贴上旺旺的冷屁股。乐乐寻思着:我就不信你的心是铁打的?

数日后,乐乐把一条鲜鱼叼到旺旺面前:喂,这可是女主人送给我的。我舍不得吃,给你了。我说旺哥哥,别老是对我龇牙瞪眼哟。能同在一个屋檐下,缘分哪!莫非你还记着那早已老掉牙的猫狗结怨的传说?如今时代在变,人也在变,为啥咱就不能变啊?

旺旺心中暗忖:也是哦,传说咱的老祖先曾被猫算计过,从此与猫成了死对头。可那毕竟是老皇历了,而今与乐乐同为一主,抬头不见低头见……唉,罢了。旺旺的脸色终于由阴转晴了。

见旺旺似乎心有所动,翌日一早,乐乐便一步一步地挪到旺旺的身旁,帮它站起岗来。旺旺似笑非笑地朝乐乐点了点头。从那时起,每逢得暇,乐乐时而陪同旺旺站岗,时而帮着旺旺在院子里来回巡逻。渐渐地,小偷没了,老鼠少了,旺旺和乐乐也升级为宠物了。

有一天早上,男主人把刚刚买回来的鲜鱼和肉放进厨房,一只大黑猫翻墙而入⋯⋯旺旺和乐乐追出门去,却不见了踪影。做午饭时,男主人发现少了一条石斑鱼,骂骂咧咧地把乐乐往院子里拖⋯⋯在院子里溜达的旺旺心一揪,急忙上前用嘴咬住男主人的裤脚,直往墙边拉,旋即又朝门外"汪汪汪"的叫个不停。男主人终于明白是外贼所为,放开了乐乐。

又过了好几个春秋,男主人在镇上办的公司风生水起,旺旺和乐乐跟着主人又迁了新居。男主人更加有钱,人却变了:他常邀一帮人来家里饮酒、开台、赌个通宵;动不动就同女主人吵架,酒后还对女主人大打出手,而且经常夜不归宿。更令它俩闹心的是,男主人时不时乘女主人外出,把一位浓妆抹艳的妙龄女郎带回家⋯⋯

没多久,男主人终于同女主人分手了,那位女郎成了主人家的常客。旺旺常和乐乐嘀咕:女主人同男主人一起打拼多年,对咱俩疼爱有加,那女郎算哪根葱!乐乐擦了擦双眼:就是!有一次我病了,女主人还细心地护理了我好几天呢!男主人这样对待女主人太不公道了!于是,它俩信誓旦旦地约定:决不理睬那女郎!

但是,旺旺做梦都没有想到,就在那女郎真正成为新的女主人的当晚,乐乐竟主动向那女郎投怀送抱,又是帮挠痒痒,又是舔这舐那,极尽奉承献媚之事⋯⋯第二天中午,那女郎乘男主人不在家,迫不及待地把大厅里的摆设重新换了位置,接着又一脸不屑地盯着大厅正中墙上挂着的一幅照片,这是男主人同其老母亲、原来的女主人和儿子照的全家福。随后,那女郎踏上一张椅子,伸手欲取下那幅照片,却又够不着。乐乐猜那女郎是想让照片消失,于是纵身一跃,伸爪一抓,"啪"的一声响,照片摔到地上,镜框和玻璃碎了一地……

看着这一切,旺旺火了:太过分了!该死的乐乐,你摊上大事了! 它怒吼一声冲上前,朝乐乐的后脑勺狠狠地就是一口……

（原载 2013 年 3 月 24 日《南方日报》,被 2013 年第 5 期《小说选刊》转载）

大山父子和牛

"快闪开！水牛打架啦,快闪开……"一阵阵吼声把整个山村都惊动了!

正在吃午饭的村民们纷纷走出家门，只见两头颈部淌着少许血丝的水牛,相距不到 10 米,正一前一后地朝村里横冲直撞而来,前面那头慌不择路地奔逃,后面那头穷追不舍……

眨眼间,前面那头水牛已冲入一条小巷,猛一抬头,见几步开外的小巷中间，傻愣愣地坐着个小男孩，正涕泪交加地哭喊着。那水牛忽地打了个愣怔:糟了! 小巷太窄,绕不过去,退后几步虽有条横巷,可又担心后面的追兵。它稍一迟疑,突然上前两步一跃而起,越过小男孩,自己却"嘭"的一声摔倒在地……在这紧要关头,后面追来的那头水牛,被从那条横巷里冲出来的两位壮汉用梯子拦住了。

好险! 小男孩得救了。倒在地上的那头水牛却伤得不轻。

事后,村民们得知,被救的小男孩叫小山,救他的那头水牛的主人,正好是小山的父亲大山。后来好长一段时间,村民们一提起那天水牛舍己勇救小男孩的一幕，都说那头水牛真是头好牛啊!

是啊,大山家的那头水牛,不仅是耕地耙田的一把好手,而且对主人家可有情义了。大山清楚地记得,两年前一个盛夏的上午,大山牵着那头水牛在山坑里耙田,突然觉得有点头昏。便卸了耙,把牛拉到路边,半爬半骑地趴在牛背上,那头水牛把大山从数里外的山坑,一步一步地背回家中……

大山对水牛也真够意思:酷暑天干完农活回来,大山时不时给水牛开小灶,熬些稀粥给它喝,每天为它洗冷水澡;天冷了,大山特地为它搭了个草棚,并垫上厚厚的一层稻草……这一回它为救小山受伤后,大山为它请兽医,采草药,细心护理了半个多月……

光阴似箭,小山转眼成了少年郎,大山已近五旬,那水牛也步入老年。大山常与小山念叨:"那水牛与咱父子俩亲着哪,往后咱可要多关心它呀。"小山悄声道:"嗯……"

又一个酷暑来临了。这晚,从县城中学回村里度暑假的小山对父亲说,"爹,我同学小石家的那头牛中暑了,让咱们家的水牛去他家帮几天忙吧。"

大山摇了摇头,"咱家的农活干完后,它已经接连帮了好几户人家了,这几天的太阳像火似的,它也一把年纪了。再说,小石家往年也不是没帮过。就让它歇歇吧。"

小山瞪大双眼,"爹,你知道小石他爹是谁吗?""村主任呗。"大山笑着回答。"你知道小石他大舅是谁吗?"小山有些急了。"不就是县教育部门的一名干部么?"大山又笑着说。

"小石他大舅在局里主管招生,我来年就高考了,没准到时有求于他呢。"小山软磨硬缠。大山想了想,终于点了点头。

第二天一早,大山熬了些稀粥给水牛喝了后,小山牵着水牛去了小石家。快到晌午时,小石风风火火地找到小山,说:"我大哥说你家那头水牛罢工了。"小山跟着小石到田里一看,自己家的那头水牛果然优哉游哉地躺在水田里,尾巴不时地摆动着……小山立马上前摸摸它的头,拍拍它的背,劝它起来干活。或许是碍于小山的面子,水牛终于慢慢地站起身来,然而,拉着耙走了没几步,又趔趔趄趄地趴了下来……

见此情形,小石他哥说,收工吧。

小山心想,我已经答应小石帮忙三天,这才干了不到半天呀。于是,他转头找来一根竹枝向水牛身上抽去:"起来!"

水牛又艰难地站起身来,大口地喘气。少顷,它抬头望了望那似火的烈日,又看了一眼小山,一脸无助地摇晃着头……

这时,小石他哥似不经意地说,"小石呀,时候也不早了,我看算了,我们另想办法吧。"

这……这太没面子了!小山又举起竹枝向那头水牛抽去……

约摸几分钟后,忽听"啪"的一声响,那头水牛的尾巴一甩,小山手中的竹枝应声落地。紧接着,那头水牛昂起头,旋即又侧转身子,用那沾满泥巴的身躯将小山轻轻一推,又是"啪"的一声,小山手脚朝天地倒在水田里……

（原载 2013 年 5 月 26 日《南方日报》）

最佳人选

铁面人

临近黄昏，一则爆炸新闻在西铺镇不胫而走：30出头的镇委书记祖绍勇摊上大事了！

不久，传言又起：有人实名举报，祖绍勇受贿十余万元。上级很快就会派人来调查，带队的十有八九是市纪委的主任老尚。

消息传开，举镇哗然。有人说啥都不相信这是真的；有人替祖绍勇惋惜——仕途正如日中天，这下完了；有人则断言：老尚是闻名市内外、人称铁面人的办案高手，这些年，好几名处级和科级干部都栽在他手上，这回祖绍勇凶多吉少了！

果然，没多久，老尚领着市、县联合调查组直奔西铺镇。当晚，一位与老尚沾点亲的老人，悄悄找到老尚，当面"放火"：祖绍勇这小子的父亲当年打压过你，前些时候我的小儿子尚尧犯了些事，他不仅不帮着说话，还落井下石。这回你可千万别手软……老尚认真地听着，铁板似的脸上没有一丝笑容。事后，老人又四处放话：祖绍勇要完了。舆论顿时倒向一边，对祖绍勇十分不利。

第二天，老尚领着调查组边分别找当事人和举报人谈话，边紧锣密鼓地开展认真细致的调查工作：座谈、走访、排查、取证、梳理、甄别……不少人纷纷配合调查：有的主动上门找调查组说明情况；有的如实陈述相关事情的来龙去脉；有的挺身作证……在这期间，调查组严肃查案纪律，组内成员个个守口如瓶，老尚更是自始至终都板着脸。为了排除每一个疑点，调查组成员几乎是废寝忘食地反复查证；为了核准每一个细节，老尚甚至请公安机关出面，不惜动用技侦手段……

令不少人始料不及的是，经过夜以继日的深入调查，案情急转直下，调查组后期调查的侧重点，逐渐转向查证与举报人相关的一些事……

就这样，该查证的查证了，该澄清的澄清了，真相终于渐渐地明朗起来。几个昼夜后，老尚一行人匆匆离去，留下了一个莫大的悬念。

又过了几天，调查组返回西铺镇召开全镇干部大会，会上，老尚板着脸，郑重其事地公布了调查结果：原来，数月前，在整顿机关作风中，镇府干部尚绕因多次上班打麻将赌博被"双开"，尚绕对祖绍勇怀恨在心，一直伺机报复。不久前的一个周六上午，尚绕打听到祖绍勇带着爱人和小孩去了岳母家，其父母也回乡下了，仅留下耳朵有点背、眼睛也不太好使的老奶奶在家，便花钱找了个人提着预先准备好的一筐水果进了祖绍勇家，却撞见祖绍勇家的保姆买菜归来。那人有些慌乱地把那筐水果放在客厅里，讪讪地对保姆说，这是祖书记叫我送来的鲜荔枝，给老奶奶吃的。然后匆忙离去。保姆心细，赶紧察看水果篮，在篮底发现了一大沓钞票，估摸着有好几万块钱，就赶紧给祖绍勇打了电话。祖绍勇闻讯后，连晚饭都没吃就赶了回来，将钱连同那筐荔枝交给了镇里的纪检委员。没想到，尚绕已于当天下午，打电话向市、县纪检部门举报了，并私下散布谣言……

同志们！老尚一脸严肃地说，我代表调查组正式宣布：经过调查组十多天来认真而慎重的调查取证，并经上级核准，证实祖绍勇同志是清白的。举报人尚绕已涉嫌诬陷，将另案继续查处。

老尚忽地把声调提高了好几度：还需要告诉大家的是，这次调查还证实了，祖绍勇同志综合素质过硬，勇于担当，政绩突出，作风正派，不愧为勤政廉政的好干部。老尚的话音落地，掌声如雷……

几周后的一天晚上，市某医院的内科主任老康邀老尚去茶庄喝茶，聊起西铺镇一把手受贿案，老康打趣道：哎，老同学，想不到你这个铁面人，也有网开一面的时候哟。

老尚笑了笑,干咱们这行的,向来有一条底线,就是绝不放过一个真有问题的人,也绝不冤枉一个真没有问题的人。我想,就像你干那行当一样,总不希望犯有重病的病人越多越好吧?

也是。不过,听说你与祖绍勇的父亲有过节,而那位举报人,又与你沾亲带故,其父亲还找你"放火"哩,你当时就没有犹豫过? 老康又揶揄道。

老尚似不经意地说,桥归桥,路归路。办案最重要的依据是事实,面对铁的事实,在任何时候,对任何人,都不能有一丝一毫的犹豫。

这时,老康瞄了老尚一眼,忽觉老尚那铁板似的脸上,又多了一些笑容……

（原载 2013 年 8 月 4 日《南方日报》。被 2013 年第 19 期《小小说选刊》转载。入选《中国小小说年度佳作 2013》一书）

临门一脚

局长到龄，上级决定接任者从局里推选。

那天下午，老谋深算的副局长房觉，晃晃悠悠地走进副局长左文的办公室，见左文独自发愁，他话中有话地说，喂，上午局里民主推荐会的结果听说了吧？咱们三个副职中，安刚的推荐票独占鳌头；你屈居第二；我嘛，排行老三。唉，一把年纪啦，没指望了。可你与安刚鹿死谁手还未可知，千万别泄气哟！

左文轻叹一声，心有不甘地说，安刚学历高，又比我年轻，恐怕我也没戏咧！

房觉一脸高深莫测地说，那也未必！现如今考察刚刚开始，好戏还在后头。哎，你这个足球迷有无注意到，在足球赛场上，往往会有临门一脚定输赢的奇迹出现哩。

临门一脚？左文一怔。后又讪讪笑道，可那是足球赛耶！

嗨！道理是相通的。局里明晚在大众饭店举行一年一度的聚餐，大众饭店新来一位女领班，据说是个见钱眼开的主儿。房觉一阵干笑。

那又怎样？左文还是一头雾水。

房觉趋前一步，漫不经心地说了早就想好的那几句话：巧了，前段时间，我的一位朋友不知从哪听来的传闻，说是外省某单位竞选一把手，一副职为击败竞争对手，竟然设局买通一饭店的女领班，在一次饭局上，那女领班借给对手敬酒之机，当众说对手调戏她,对手明知遭诬陷,却百口莫辩。其结果可想而知喽。

这种缺心眼的事可不能干!左文鼻子里轻轻一哼,俨然一副正人君子的做派。

那是。这纯属笑谈,千万别当真……善于察言观色的房觉边说边瞟了左文一眼,见左文瞬间换了几种脸色,心里暗笑:我还不了解你,虽然说的比唱的还好听,嘿,没准已上钩了。

翌日晚,局里在大众饭店摆了几大桌,大家推杯换盏正酣,饭店老板同一妙龄女郎使了个眼色,那女郎立马端着一杯酒,一摇一晃地靠近安刚。饭店老板笑了笑,说,这位是刚特招来的领班小云。小云朝安刚鞠了一躬,嗲声嗲气地说:"激动的心,颤抖的手,我给局长敬杯酒;局长在上我在下,局长说几下就几下。"众人猛起哄,笑声如浪,掌声似潮……

安刚一见领班的花容月貌,顿时两眼放光;一听那娇滴滴的声音,不禁有些心猿意马。于是,他一改急性子的禀性,半推半就地缓缓起身迎战,慢慢地干完一杯。小云又悄声道,请局长借一步说话,遂拉着安刚离开酒桌几步开外,两人肩挨肩地轻声细语着……

突然,"啪"的一声炸响,一记响亮的耳光过后,小云怒指安刚,骂个不停:"流氓!你耍流氓……"这突如其来的一闷棍,使猝不及防的安刚一下子懵了:"我……我……""我什么我?想不到你堂堂一个局长竟如此下贱!"小云步步紧逼……此刻,几乎所有在场的人都愣住了……唯独房觉一边假装上洗手间,一边偷笑:这左文果然敢来真的!

很快,"耍流氓事件"在全局传得沸沸扬扬,越来越多的人已明显感觉到,局长之争的形势急转直下:原本呼声颇高的安刚肯定出局了,而左文很可能反败为胜。于是,那些原先为安刚投了赞成票的人纷纷倒戈……这期间,安刚暗暗叫苦,左文则常有已大功告成的幻觉。而房觉见火候已到,私下叫一哥们买通那女领班,问清原委,悄悄地给考察组长发了一条短信……

没多久,上级派人来局里宣布:鉴于这次考察期间,有位副局长已卷入"耍流氓事件",另一位副局长被人实名举报,已涉嫌设局陷害他人,这些都有待进一步调查核实。综合绝大多数人的意见,作为专业性较强的单位,应选素质好,敢担当,经验足,有专长,虽年纪偏大些,仍可任满一届,特别是考察后期群众呼声较高的人当家。因此,上级决定由房觉接任局长。

台上话音一落,台下哗然一片:许多人都打了个激灵……须臾,掌声骤然响起……数秒钟后,房觉一脸假笑地站起身向众人深鞠一躬。安刚顿时又一次懵了。左文如梦初醒似的斜了房觉一眼,内心狠狠地骂道:去他娘的,原来是这么个临门一脚!

（原载 2013 年 9 月 23 日《羊城晚报》。被 2013 年 11 月 8 日上海《文学报》、2013 年第 23 期《微型小说选刊》转载）

"酒圣"新传

在咱们所里,米小芳是唯一被大家公认的"酒圣"。

那是好多年前深秋的一天下午,邻镇同系统的某所薄所长领着十几号人来到所里,说是交流交流。于是,双方先去现场和办公室交流,傍晚在餐桌上交流:佳肴摆满了几大桌,美酒也有好多瓶……主客间客套几句后,花样繁多的交流便开始了:始而是规定动作,主敬客;客回敬主;主客同敬。继而是自选动作,各自争相找对手喝……

上大杯! 酒过数巡,最后是双方各推选一位代表,实行单挑。这时,小芳挺身而出,只见她嬉嬉笑着先来个段子,什么"感情浅,逢场作戏舔一舔;感情深,喝醉不怕打吊针"。尔后,右手轻轻一端,一扬,一大杯酒已倒入口中。对方的男代表也不甘示弱,频频接招,你来我往……观战的双方发出阵阵呐喊声:"喝、喝、喝"! 紧接着是阵阵掌声和笑声。转眼三大杯过后,男代表立马现场直播……小芳依然谈笑风生。

"我来!"对方猛地杀出一员女将,不料,刚喝完两大杯,那女将又被放倒了。小芳面不改色地双手抱拳,讪讪笑道:承让了! 薄所长的脸上挂不住了,亲自迎战,当端起第三大杯时,薄所长摇头摆手,欲挂免战牌。小芳亮出杀手锏,愿与薄所长喝"交杯酒"。众人猛起哄,喝完"交杯酒",小芳还在戏说喝酒的段子,薄所长却被送去镇卫生院打吊针……

事后，风韵犹存的小芳脱颖而出，所里原来的几位"酒仙"皆甘拜下风，全所人都称她为"酒圣"。打那以后，所里所外乃至镇上凡有接待，几乎都找小芳压阵。小芳总是召之即来，来之能战，战之能胜。令人捉摸不透的是，谁也搞不清小芳的酒量究竟有多大。更难得的是，小芳不仅是酒桌上的"常胜将军"，而且只要有她在场，准能让主客尽兴。

又到了金秋季节，恰逢镇里换届，只有初中学历的小芳调入镇政府，提任镇党政办公室副主任。报到那天，镇长对她说：你就专管接待工作，人尽其才嘛！好好干！从此，小芳更是如鱼得水……

不久，镇上动真格整顿作风，这一来，好长一段时日，小芳由于基本没有了在酒桌上尽显身手的机会，内心常感到空落落的。

某假日下午，正憋得慌的小芳，突然收到开超市的舅舅发来的短信：我晚上有个接待，有空请到嘉斯酒店888房。小芳心中一喜：嘿嘿，总算又有用武之地啦！6点多钟进入888房，瞧那气派的装修，她不禁浑身来劲：终于又可以解馋了！一看餐桌上那两瓶"理查"，更是眼发直，心发痒：这可是近两万元一瓶的名酒！她似乎瞬间找到一种久违的感觉。又见除酒量不咋地的舅舅之外，仅有两名客人，心想，此乃小菜一碟也。

于是，开席后，小芳一时兴起，竟忘了是私宴，仍按往常陪酒的规矩，满脸笑容地做完了规定动作，便左一句先饮为敬，右一句你随意我喝完，杯杯落肚，动作干脆利落。舅舅纳闷了：小芳今儿个咋这么不知深浅？！

也许是与小芳初次见面，两位客人多少有些拘谨，眼瞅着小芳后来几乎是自斟自饮，两人不时面面相觑。

舅舅心一拧，不时地给小芳丢眼色。小芳依然我行我素，越战越勇,一个劲地手起杯落……一转眼,两瓶"理查"相继见底……

几杯浓茶过后,两位客人悻悻离去。

舅舅怒不可遏地朝小芳破口大骂:好你个小芳!今晚,我的脸给你丢尽了!你可知这两位朋友是我多年的供货商,又老喜欢喝两杯,原本叫你来陪他俩吃好喝好。你倒好,像喝酒秀似的,左一杯,右一杯,两瓶近三斤装的名酒,你一人就干掉了足有一瓶半。你没见我那两位朋友出门时满脸不屑么?你可把我害苦喽!再说了,你以为又是公务接待,尽可白吃白喝呀?你呀你,啥狗屁"酒圣"!哼!!!

小芳一时被闹了个大红脸……

（原载 2013 年 9 月 29 日《南方日报》）

榕树下的酒庄

小街尽头，大榕树下面，那个牌头简约，装潢朴素的门面，便是成叔的小店。牌匾上"榕树下的酒庄"几个行书大字遒劲有力，下排"平价烟酒，童叟无欺"的颜体楷书方方正正，一看便知是成叔亲笔书写。

除了经营烟酒生意，业余时间成叔只喜欢做两件事：一是散步，一是练字。几年坚持下来，生意没见大红大火，身子骨倒是越养越硬朗，这字写得也越来越有板有眼了。

有人笑他，干脆改行做书法家吧。成叔咧嘴笑笑，说，我练字，跟散步一样，只为身心健康，身心健康。

前两年，市直单位纷纷迁往城南，好几个局委都将办公大楼盖到了小街旁。几乎是一夜之间，酒庄旁边就雨后春笋般冒出来好几家专营烟酒的商店，清一色的精装修，都打着大大的"高价回收精品烟酒"、"专营各类高档烟酒"的霓虹招牌，半夜里还一闪一闪的。

跟成叔的小店不同，那些商家都主营高档烟酒，定价动辄几百上千，价格高，利润自然就大。几位店老板貌似比成叔更善于经营，拉关系，找路子，寻客源，变着法儿推销高档烟酒，有时还联合起来哄抬烟酒价格。一遇重大节日，这附近的烟价酒价便疯了似的往上涨……

成叔看在眼里，听在耳里，心底跟点了灯一样亮堂。这几年虽说老百姓手里钱多了些，生活水平也高了些，但平时真正有能力消费高档烟酒的，不都是公款消费或者请客送礼的人？

坚持只卖平价烟酒，让成叔的生意多多少少受了一些影响。

街坊邻居有好心人劝成叔，你看别的店都主营高档烟酒，你也进些高档货。凭你在这一片的老关系，生意肯定不比他们差。

成叔咧嘴笑了笑，反问道，帮我算个账，一瓶酒一两千，一盒烟上百块，要一个月多少工资才消费得起？

好心人说，都是公款消费嘛。

成叔又正色问，公款哪里来的？

好心人一脸不解。

成叔说，喝的抽的，不都是纳税人的钱？咱这小本生意，只求赚个干净钱，心里踏实了，晚上才能睡个安稳觉……

好心人不吭声了。大道理谁不懂呢？可这做生意的，哪有有钱不赚的道理？再看成叔，雾里看花，让人越看越不懂了。

薄利多销，成叔的生意还是能维持下去的。

一众的街坊邻居，多年养成的习惯，只喝成叔家卖的酒，只抽成叔家卖的烟，为啥？图个安心呗。不用担心假烟假酒，也不怕被杀熟宰亲。逢上红白喜事，手头实在紧巴，赊个账，到年底再主动还上，成叔也没啥怨言。

钱是赚得少了些，热忱的笑容却是半点也没少。业余时间，成叔还是喜欢散散步、练练字，哪里像个精明的生意人？

三十年河东，三十年河西。

忽一日，"榕树下的酒庄"生意一下子又火起来了，那些经营高档烟酒的店，门可罗雀，罕有人至。其中有两家的店老板还被有关部门的人带走接受调查，说是涉嫌哄抬物价，扰乱烟酒市场秩序，行贿附近机关工作人员……

电视新闻里天天播："三公"消费，对高档烟酒说"不"！

又一日，成叔也被人带走了。

据说有人举报，说成叔有一外甥，是附近民政局办公室主任，与"榕树下的酒庄"签有三年合同，一直在成叔的小店拿烟拿酒。

哟嗬！表面打着"平价亲民"牌，暗地里卖的还是高档烟酒！

一时哗然。

第二天,成叔笑嘻嘻地回来了。

不久,市晚报公布"三公"消费调查结果:附近的好几个市直单位,只有民政局招待用的烟酒没有超标。

（原载 2013 年第 22 期《小小说选刊》之《原创佳品》栏目。入选《2013 中国年度小小说》。获《小小说选刊》2013—2014 年度全国小小说佳作奖）

出气筒

公司决定高薪聘请两人做"出气筒"。

招聘广告一出,应聘者快把公司的大门挤爆了。然一听是干啥的之后,许多人又都退避三舍。后经千挑万拣,才拟定人选。

鲁总面见两位人选,一看简历,不禁眉头一皱,哟嗬,邵欢,熊乐,一个有工作,一个学历不低,为啥来应聘?邵欢说,俺在两三个单位干过,都不开心,想来试试。熊乐坦言,俺虽是本科生,也跑了好几个部门,可人家要的是博士生或硕士生,没辙呀,来碰碰运气。

鲁总笑了笑,知不知道"出气筒"是干啥的?他俩异口同声回答:给员工骂呗。鲁总又问,那你们俩受得了吗?熊乐抢着说,这活儿不过手不过肩的,每天上半天班,待遇也不低,受得了,受得了。邵欢讪讪笑道,不就是挨骂吗?都习惯啦。鲁总仍有些不放心地问,这可是自愿的,先试用一年,你们俩不反悔?

绝不反悔!他俩拍着胸脯保证。

好咧!鲁总立马与他俩把合同签了。

第二天上午,公司召开全体员工大会,鲁总郑重其事地宣布:现如今不少员工动不动就气不顺,这也看不惯,那也觉着心烦,大打口水战。为了给大伙减压,公司决定搞个新创意,增设出气室,高薪聘请邵欢和熊乐做"出气筒"。他俩每人每天上半天班。公司每天上午和下午错开安排中间休息10分钟,凡有烦心事者,可在休息时间,去出气室找"出气筒"出出闷气。但仅限于在出气室内。还须约法三章:一不得骂脏话;二不得动手;三"出气筒"不得还口。

很快,公司大厅左侧的接待室已腾出一半,挂起了"出气室"的牌子,牌子一侧还有温馨提示:"你想出气吗?请入内骂我吧!"

哎哟喂,果真有这等事?一些员工借中间休息时间,半是狐疑,半是好奇地走进出气室,试着对"出气筒"骂开了……嘿,试过后果然心舒了,气顺了。于是,一到中间休息,越来越多的员工去出气室,有的装上司,把"出气筒"当下属训斥一通;有的学长辈,把"出气筒"作不肖子孙臭骂一顿;有的把"出气筒"视为腐败分子骂个不停……

一闪四周过去了,公司里相互摩擦,大打口水战的现象越来越少,和谐的气氛越来越浓,公司各项业务更加顺风顺水……

可是时间一长,有的员工骂到气头上,竟满嘴脏话,甚至动起了手脚……有的在大街上偶遇邵欢或熊乐,也忍不住骂将起来……

那天傍晚,邵欢邀熊乐小酌,三杯酒落肚,邵欢一脸苦笑,真邪了门了,一个个像吃了枪子似的,啥约法三章?都乱套喽。唉,本想换个环境,没承想"走鬼走到城隍庙"!熊乐一脸沮丧地说,说来真傻呀,一开始还觉着像当演员。可日子久了,什么办事不顺心啦,物价、房价上涨啦,买了假货啦,老公或老婆出轨啦……啥憋屈事都把气往咱身上撒……真窝囊透了!至午夜,两人倒完了苦水,又相互安慰:一个说:还别说,俺啥也不用干,月薪还比其他员工高一半,也值啦!一个说:干哪行都不容易,还是咬紧牙关熬吧。耶!两人猛击一掌,一摇一晃地回家了。

没多久,员工任某有天中午下班后,去看装修的新房,却发现东借西赊买的新房,质量诸多猫腻。一出小区门,碰巧邵欢路过,憋了满肚子火的任某上前拽住他,就是一顿痛骂……邵欢愣了愣,猛然想起已经下班,俺又不是开发商?就你有火?俺还一肚子火呢!于是,便与任某对骂起来……

又过了些日子,农民工老马某天去公司找鲁总,追讨建公司培训大楼拖欠的工钱又未果,出门时,忽见有个"出气室",正有火无处发的老马立即闯了进去,对着当班的熊乐,破口大骂,拳打脚踢……这时,熊乐心一紧,这关俺屁事,你凭啥进来撒野?!一怒之下,也奋起还击。可怜比老马矮一截的他,很快就被撂倒了……

当晚,邵欢和熊乐找到鲁总的家,一个哽咽着说,鲁总啊,俺俩好歹已熬了 3 个多月啦,你就饶了俺俩吧……一个苦苦哀求,鲁总啊,你就行行好,合同中止了吧……说着说着,两人一会儿涕泪交加,一会儿又狂笑不止……

(原载 2014 年 4 月 3 日《南方日报》。被 2014 年第 13 期《小小说选刊》、2014 年第 6 期《小说选刊》转载。入选《2014 中国年度微型小说》一书)

隐形手套

某行长秦曲上庙求签,解签大师闷声道,此乃下下签,施主贪念重,恐有大祸临头。秦曲惊问解围妙方。大师双手合十:送你隐形手套一双,好生戴着,信则逢凶化吉也。

蒙谁呐?!哈哈……一阵狂笑,醒了!原是噩梦。怪哉!床边果真有双肉色手套。秦曲试戴上,并无不便。可是,此后好几次伸手欲取他人送来的财物,双手均被弹回……

数月后一中午,康总请秦曲小酌毕,递上一瓶洋酒,说是那笔巨额贷款顺利批拨,多亏他高抬贵手。他双眼一亮:嗬,老装路易十三!可他刚要伸手,两手却又被弹回。翌日晚,康总约秦曲去茶庄一坐,又劝他收下洋酒。但他没敢伸手。第三天深夜,康总提着那瓶洋酒上秦曲家,再三请他收下。他直搓双手:我不久前做个怪梦,得了双隐形手套。戴上后,伸手欲拿别人钱物,它就会像放电似的……康总讪笑道,哦?咋没看见?秦曲张开手,别人看不见的。康总忽地降低嗓音:现无别人,且在你家里,脱下不就 OK 啦。

终于,秦曲不再忐忑,脱掉隐形手套。奇了!秦曲忽觉双手又有些痒痒,随即向洋酒伸去……康总一走,秦曲打开包装,发现内藏港币 200000 元。他先一愣,后自慰道,已再三婉拒,既收之则安之。旋即开洋酒,自斟自饮起来……一种久违的体验又重回脑际。

秦曲万没想到,那天脱下隐形手套收下康总的礼物后,那双隐形手套从此没了踪影。渐渐地,有人送礼,他又来者不拒了……

终有一天,秦曲被"请"进特殊住所:四周是高墙,还围着铁丝网……夜来,秦曲失眠了,那双隐形手套老是在脑海里晃荡……

(原载 2014 年 7 月 23 日《南方日报》。先后被 2014 年 8 月 18 日上海《文学报》、2014 年第 17 期《小小说选刊》、2014 年第 9 期《小说选刊》转载。获"廉洁广东行。微小说"全国征文大赛一等奖第一名)

广东省作协专职副主席杨克点评:海华创作的《隐形手套》以魔幻手法和巧妙的构思,达到了出其不意的文学效果……作品描写了一只有魔法的手套在戴上和脱去之后给人带来的不同心理作用,以象征手法刻画了每个人心中无形的道德标准,让评委眼前一亮……基层工作者具备如此高的文学水准,极为难能可贵(据 2015 年 1 月 28 日《南方日报》)。

广东省作协副主席、《作品》杂志总编办主任王十月特别赞赏了一等奖作品《隐形手套》,他表示,这篇微小说通过描写一只有魔法的手套,去检验我们的世道人心,构思巧妙,发人深省(据 2015 年 1 月 28 日《南方日报》)。

四眼儿

　　一晃，师成在镇党政办公室当写手已十多个寒暑，因常年戴着一副眼镜，人称"四眼儿"。巧的是，他家养了条大狼狗，两只眼上方各有个大黄点，他和家人叫它大青，人家也叫它"四眼儿"。

　　这天傍晚，师成下班回到家门口，大青同往日那样，一个箭步蹿到师成跟前，又是摇头，又是摆尾，亲昵地在师成的两只脚之间蹿来绕去……

　　师成蹲下身子，两只手抓起大青的两只前爪，此刻，师成和大青两对"四眼儿"相对，大青突觉主人的眼神有些怪怪的，已无往日的友善与亲和，隐隐约约之间，像有一丁点愧疚，又似有些许寒气……

　　渐渐地，大青原本写满高兴的"四眼儿"里，已显露出一些恍惚和不安。少顷，它忽地挣脱主人的双手，悻悻地折转身子，怅然若失地慢慢踱到屋角，"四眼儿"怔怔地望着主人。

　　是夜，师成躺在床上，辗转反侧，脑海里一再浮现出白天闹心的一幕：正值换届前夕，上面来人考察几天了。下午，镇委一哥在办公室半开玩笑地说，后天是夏至，"夏至狗，没处走"。夏至可是吃狗肉的好时候。"四眼儿"哪，听说你家养了条"四眼儿"狗？师成"嗯嗯哦哦"了好一阵。下班时，一同事私下拿他开刷，哎，"四眼儿"哥，难得一哥看上你家的"四眼儿"狗。在这关键时刻，你若能将那狗献上，一哥和考察组的人一高兴，没准这回换届你能上一个台阶咧。

　　一侧身,师成又想起大青种种的好:这五六年来,高大威猛的大青,对外人凶猛有余,对自己和家人却十分温顺,而且是看家护院的好手。尤其在全镇传为佳话的是,那年冬,4岁的儿子乐

乐在家门口玩耍，一过路壮汉见左右无人，突然抱起乐乐便跑……正在院子里巡逻的大青听见乐乐的哭叫声，猛地冲出门外，几个箭步将那壮汉扑倒，救下了乐乐……

嗨！你这是烙大饼，还是炒菜呀？老是翻来覆去的，还让人睡不？妻子凤兰嗔怪道。

唉，睡不着哦！师成沉吟片刻，一五一十地把下午那一幕说了。尔后，又叹了一口气，一哥分明是在暗示咱把大青送去，好招待上面来人，他也趁机打打牙祭。不过，或许这是一次机会，可又实在有些不舍啊！

凤兰一个鲤鱼打挺，坐起身来，你可不能犯浑啊！大青对咱家有恩，咱千万不能干昧良心的缺德事。再说了，我嫁给你，是看你有个好心眼，当不当官不打紧。如果非要用大青来交换，咱宁可不干！当个副主任又怎么样？做人哪，什么都可以缺，就是不能缺德！

对对对，不能缺德，不能缺德！终于，师成渐入梦乡……

一觉醒来，师成三下五除二地洗刷完毕，吃罢早餐，心情舒畅地正准备出门，站在门口的大青迟疑着，一步一停地慢慢挪到师成的面前。师成又习惯地蹲下身来，双手抓起大青的两只前爪，轻轻地爱抚着，柔声道，"四眼儿"啊……

这时，师成和大青又一次四目相对，大青已觉察出主人的眼神里，又恢复了往日的友善与亲和。于是，它也没有了恍惚和不安，又习惯地伸出舌头，亲昵地在主人的手背上舔来舔去……

（此文获中国·武陵"德孝廉"全国小小说征文大赛三等奖。后载 2014 年 10 月 20 日《羊城晚报》）

谁"偷吃"了

那是好多好多年前的事。

俺村的伍婶生了三个儿子：老大大牛13岁；老二二牛9岁；老三小牛5岁。那时候家里穷，伍婶一家五口平日很少有肉吃。那天下午，伍婶正要出门干活儿，邻村娘家人卖了一头猪，送来一块猪肉。伍婶一高兴，快手快脚地将其做了红烧肉，装了满满一钵，放在吊篮里挂了起来，柔声叮嘱小牛，傍晚你两位哥哥放学回家，就说等爸爸妈妈回来，晚上有肉吃。记住，可别偷吃哟。说完，匆匆下地去了。

一眨眼，太阳快要落山了。大牛和二牛放学后，前后脚回到家。大牛见小牛两只小眼睛不时瞄向那吊篮，以往的经验告诉他，准是有好吃的，便悄声问小牛，跟哥说说，吊篮里有啥好吃的？

小牛似答非所问地说，妈说等爸爸妈妈回来，晚上有肉吃。

哦！几乎不记得肉是啥味道的大牛和二牛一听，顿时满脸放光。大牛双眼滴溜了两圈后，急三火四地端来一张凳子，站上去，将吊篮取下，一看，果真有满满的一钵红烧肉！旁边的二牛和小牛直吞口水……

大牛看在眼里，更是主意已决。他似不经意地说，嗨！好长时间没吃红烧肉了，来，咱哥仨一人先尝几块，解解馋。

哥，这……不太好……好吧。二牛有些犹豫。

小牛也在一旁帮腔:哥,妈下地前说过的,叫不要偷吃哟。

哎,没事。反正满满一大钵呢,咱先吃几小块,爸妈也不一定看得出来。大牛继续鼓动。

二牛又笑着说,天快黑了,爸妈也快回家啦,怕来不及咧。

是呀,是呀。小牛又小声附和。

别磨蹭了,我说没事就没事啦。来来来,我先尝。说完,手一伸,接连吃了三四块红烧肉。尔后又说,你俩接着来哟。随即独自跑到水缸边,又是漱口,又是洗嘴,洗手……

老大带了头,二牛也不再犹豫,他动作麻利地吃了两小块红烧肉后,也悄悄地把嘴巴擦了又擦,把手洗了又洗……

小牛紧跟着挑了一大块红烧肉,有些慌乱地塞进小嘴巴里,大口大口地吞咽着……

这时,门外突然传来伍婶的说话声,屋里顿时一片慌乱……转眼间,伍婶已闪身进屋,她一抬眼,瞥见放在饭桌上的吊篮,大牛和二牛神色有些尴尬地站在一旁,小牛躲在大牛身后,便两眼一瞪,一脸狐疑地问,咋啦?吊篮咋取下来了?难不成你们偷吃红烧肉?

没……没有。三兄弟异口同声地否认。

真没有?伍婶上前打开吊篮一看,那钵自己一手一脚整得满满的红烧肉,已明显少了好几块,便又追问大牛。

我真没有。妈,我只是拿下来看看有啥好吃的。这不,刚放下,你就进来了。嘿嘿……大牛张开双手,淡定地回答。内心暗自庆幸:真悬!好在没留下啥痕迹。

你呢?伍婶转头问二牛。

我也没有。哥说的没错。不信,妈你看嘛。二牛下意识地努了努已擦得一干二净的嘴巴,伸出两只洗干净的手,心里窃笑道,好险！多亏动作快耶。

伍婶一把拉过躲在大牛身后的小牛，见小牛两边嘴角和下巴都有些油渍，右手还油腻腻的，她立马转身找来一根小竹竿子,嘴里骂了句:就你嘴馋……

事已至此,大牛本想劝阻,可一转念,红烧肉被偷吃了,总得要有人埋单。再说,平日老妈子最疼爱老三了。于是,他狡黠地一笑,妈,小牛还小。

还小？小就惯着他？伍婶忽地抬高了声调。

小牛满脸委屈地想说什么，可一看两眼直瞪着自己的大哥和二哥,只好怯生生地一噘小嘴唇,带着哭腔嗫嚅道,妈,我……

我什么我！明明偷吃了,还想撒谎不成。等会儿你爸回来了看怎么收拾你。说完,伍婶旋即举起手中的小竹竿子,朝小牛的屁股狠狠地抽去……

（原载 2014 年第 12 期《百花园》杂志）

赢　家

下午4点,邢健同往日一样,准时到达计春私家会所的乒乓球室,一进门,就愣住了:这两个多月来,计老板都是独自一人练球,今日为何突然冒出来七八个后生?

一刹那间,往事在邢健的脑海里像过电影似的闪回:

半年前,自己原在省乒乓球队当教练,因与球队领导闹翻了,40出头就不得已退役,内心顿觉有所失落,这不老不少的,干啥都心有不甘。后经友人牵线,来某市给为了保健的几个私人企业老板当乒乓球教练,每天忙活3个多小时,每小时收费80至100元,每月下来的收入还算可观。这三十挂零的计老板便是其中一个,打从教他练球两个多月来,其球艺大有长进。近半个月来,按计划每天教他练球2小时,还要抽出一些时间,与他一对一打一场比赛。起初,他老是输。渐渐地,让他赢了几场球。本想日后再逐渐传授些真功夫,可今天他竟邀来了这么多人,莫非……

想到这里,邢健拉回思绪,不动声色地投石问路,计老板,今天咋个练法?可以开始了吧?

计春的薄嘴唇一咧,别别别,人还没来齐呢,再等等。

约摸过了半个小时,又陆续进来了五六个小伙子。

邢健又一次催促计春,时候不早了,计老板,开始吧。

别急,再等会。计春的三角眼一转,神秘兮兮地把先后到来的十来个人拉过一旁，又悄悄地朝几步开外的邢健瞟了一眼后，始而低头窃窃私语，继而抬脸嬉笑不止……

少顷，计春那稍胖的腰身一扭，不好意思，我先方便一下。

望着计春匆匆向卫生间走去，几位小伙子私下议论开了：咳，业余对专业，徒弟打师傅，今天可有好戏看啦……

开始吧！邢教练，今天我先跟你一对一打一场比赛，还是老规矩，按21分计输赢，三局两胜。每局中间休息10分钟。对了，这些都是我的老乡。计春一出卫生间，就朝邢健大声嚷道。

憋了满肚子闷气的邢健斜了一眼计春，又瞄了瞄计春的老乡们，至此，他已对计春今天的用意猜出了几分。于是，哈哈一笑，不显山不露水地劝道，计老板，我看咱俩今天就别比喽。

拜托，邢教练，比！今天非比不可！计春似乎已胜券在握。

邢健仍再三婉言相劝，可计春依然口口声声说要比。事已至此，邢健有些无奈地说，好吧。

不知是想进一步试探，还是出于某种考虑，一上场，邢健仍像后期陪练那样，一招一式，打得似乎有些拘谨，结果，计春以18:21的比分，拿下第一局。这时，计春的那些老乡大多高兴得手舞足蹈，也有三四个一脸茫然……中间休息时，计春沾沾自喜地同几个小伙子悄声嘀咕：咋样？我没说错吧……那几位小伙子纷纷为计春竖起了大拇指……

见此情形，邢健已完全明白了，不禁心头一紧，看来，该动真格的了。于是，从第二局开始，邢健像变了个人似的：只见他板起面孔，迅速拉开架势，毫不手软地杀将起来，左一个"高抛发球"，右一个"下蹲式发球"；时而近台快攻，时而长拉短吊；一会儿左右开弓；一会儿又玩起了速度很快的前冲弧圈球或加转弧圈球，步步为营，频频得分……可怜那计春，在邢健秋风扫落叶般的攻势面前,毫无招架之力,要么,接球频频失误;要么,发球时,不论他把球发到哪个位置,都被邢健猛一抽,或一拉,一板致命……

计春的老乡们有的一边看,一边赞不绝口:哎呀!这才见真功夫呢,专业就是专业,这真是一场完全在不同的能量级别之间的较量啊;有的瞧瞧邢教练那洒脱的劲头,又瞅瞅计春那狼狈相,不禁捧腹;有的则扼腕叹息:本是业余爱好,拜师学艺也不足百日,就非要同师傅比,还想赢?瞎折腾!这回呀,计春的脸可丢大啰……

果然,计春输得一塌糊涂,第二局仅得 1 分;第三局吃了个零蛋。

一结束战斗,邢健轻轻地将球拍放在球台上,猛一转身,向计春和他的老乡们微微一笑,深鞠一躬,尔后,拂袖而去。

计春和他的老乡们一个个呆若木鸡……

(原载 2015 年 2 月 1 日《惠州日报》)

文　友

文浩平生爱文学，喜交友，大半辈子结交了一大帮文友。

一个周末，文浩参加文友聚会归来，妻子半似抱怨半似揶揄地说，当家的，这大包小袋的，今天又是满载而归吧？唉，你也不瞅瞅那个墙角，书又一大堆了，都长满了蜘蛛网，灰尘也有几寸厚。快过年了，该清理清理啦。

也是。文浩习惯地把一大包书往那墙角一扔，又扫了一眼后，不禁想起几十年来结交的文友，好歹也有一百几十个，而掰着手指头一算，仅有三五个是可以交心的。每逢文友聚会，谁有新书首发或开研讨会或某某得个啥奖，相邀撮一顿时，总会收到少则三五本，多则十多本各种各样的书：小说集、散文集、诗集、报告文学集、书画集、摄影集……

平日，文浩常感到无奈的是，每次收到这些书，尽管送书者总是谦恭地再三说"请多多指教"，自个也正儿八经地说"一定认真拜读，好好珍藏"，可一回到家，往往都是把书往那墙角一扔……不久前清理了一次，如今又堆成小山似的，唉，是该清理清理了。

这天一大早，文浩双脚一踏出门，邻居老顾迎面同他打起了哈哈，文兄，我那上初一的孙子说要谢谢你呢。

谢我？文浩一脸愕然。

是啊。老顾依然满脸堆笑，昨天中午，我孙子出门时碰上一位收废品的大叔在你家门边装一大堆书，上前一看，见有一本印刷精美的书画集，还是国家级出版社出版的。我那喜欢书画的孙子问哪来的，那位大叔说是收废品收来的。我孙子最后花了20元钱把那本书画集买下了。小家伙屁颠屁颠地拿回家细看，作者竟是闻名省内外的大书画家，还夹着一张书画家的名片。再一看，扉页上白纸黑字写着你的大名呢。

哦？文浩又一愣。

老顾嘿嘿一笑说，我随手拿过来一翻，哎，还真是。你也忒有面子，那位大书画家称你为挚友，说是送给你赏玩，落款日期还是十多天前的。你咋一转身就把它当破烂给卖啦？

我……文浩暗暗叫苦：唉，咋没把名片和扉页撕掉呢。转瞬间，满脸变了好几种颜色。

冬去春来的一天，文浩被一帮文友"劫"去市里福道酒店出点儿血，名义是文浩的一篇散文《老屋》，前些时得了全省散文评选一等奖，文友们要文浩撮一顿。晚上刚刚六点，该来的都来了，文浩忽有一急，匆匆上房内卫生间，一不留意，门未关严实，刹那间，文友们的悄悄话从门缝里断断续续地飘了进来：

嘻嘻，我看《老屋》不咋地，还能获奖？是亚游的鸭公嗓。老褚轻咳了一声，话不能这么说，《老屋》还是写得蛮好的，获奖应该祝贺。相轻俱损，相敬俱荣啊。老穆慨叹道，老褚说得是，老文可不是专吃文学饭的，靠开一间便利店养家糊口，却数十年笔耕不辍，出了好几本书，还成了中国作协会员，不容易呀！阿娇不屑地说，切，谁又容易哟！据说他同省里好几位评委都是哥们，评奖前还去了一趟省城呢。老皮的三角眼一眨，我也听说《老屋》很一般，姓文的也许走了狗屎运啰……紧接着又是一阵哈哈大笑……

全民微阅读系列

文浩一出卫生间，议论声戛然而止。文友们你看看我，我看看你，一时竟不知说啥好。还是文浩打破僵局，咦，刚才还像菜市场似的，咋这么快就鸦雀无声了？说完，冲文友们一扬手，来来来，粗菜淡饭加茅台，不醉不散。于是，满屋子尽是嬉笑声、推杯换盏之声……

酒至半酣，老皮手端一杯酒，一步三摇地踱到文浩面前，虚情假意地说，文兄，刚才你方便去了，咱哥们几个都说《老屋》写得真棒，获奖实至名……名归。咱哥们几个都长脸了。来，我敬你一杯，只听得"哧溜"一声，手起杯落。老皮又一脸崇拜地说，不知何时有机会拜读《老屋》，以饱眼……眼福？是呀，是呀……其他文友立马随声附和。

原本窝了一肚子火的文浩嘴角一噘，眉头一皱，忽地呵呵一乐，我耳朵好使着哩，啥实至名归哟？许是评委们看走眼了。说着，他斜了一眼矮自个儿一头、比自个儿小好几岁的老皮，嘻嘻一笑道，亚皮，上月底，咱哥们几个在这相聚时，我已每人送了一本散文集，《老屋》就排在那本集子的第一篇。噢，对了，记得当时你还说了好几句"回去一定好好拜读"呢。咋啦，你小子别是一回到家，就把它扔进厕所当手纸了吧？

这……老皮不知如何应答。其他文友又是一阵狂笑……

（原载 2015 年 7 月 3 日《文艺报》。被 2015 年第 17 期《小小说选刊》转载。入选《2015 中国年度小小说》一书）

大 海

1939 年春的一天中午,乍暖还寒。大亚湾某海岛渔民大海出海归来,把刚捕到的小半筐乖鱼放进厨房,忽听附近传来"啪啪啪"几声枪响,紧接着哭声骤起……

不好! 大海冲出门没走几步,不禁倒吸一口寒气:邻居老褚一家三口已倒在血泊中……旁边站着七个荷枪实弹,凶神恶煞的日本兵,还有一个长着"斗鸡眼"的翻译,领头的小队长满脸横肉,长得猪模狗样,那个大板牙忒难看……一看到大海,他猛推大海一把,用半咸不淡的汉语,叽里呱啦地喝道,看什么看? 你的带路,去你家!

大海无奈地领着这帮家伙高一脚低一脚地往家里走去,一进门,他们就像猎狗一样,四处搜寻食物……队长,鲜鱼的有!"斗鸡眼"从厨房出来,向小队长大声说。队长,啥也没有! 其他同伙陆续报告。小队长立马带人涌进厨房,一见那小半筐鱼,双眼一亮。可他不动声色地问大海,这,什么鱼?

这是河豚,我们叫乖鱼,你们日本也有。有毒,但做得好,味道十分鲜甜可口,大大的好吃。大海没好气地回答。

他说的是。队长,河豚的内脏等部位有毒,肝最毒。如将有毒部位同肉一锅煮,吃了一般一两个小时中毒身亡。但把有毒部位处理掉,洗干净煮熟吃了没事。"斗鸡眼"点头哈腰地解释。

小队长猛瞪了"斗鸡眼"一眼,"就你懂! 我的试他。"说完,转身一拍大海的肩膀,"家里还有啥好吃的?""斗鸡眼"媚态十足地即刻帮腔:"赶紧拿出来慰劳慰劳皇军。"

还有啥好吃的!大海心中一愣,眼下正闹饥荒,这些天又有两三批小鬼子来洗劫过,枪杀了十多位渔民,将岛上 20 多户人家仅剩的一些杂粮抢劫一空,自己家也未能幸免……想到这,他强装笑脸,太君,家里真没啥好吃的。这些河豚刚捕回来,正打算用它来充饥哩。

"唔……你的会做?"小队长两眼瞪得溜圆。

"会。"大海嬉笑着说。

"斗鸡眼"趁机提议:"太君,就让他做!"

哟西……小队长龇着大板牙说,你的把它做好,我们的出去转转,一个多小时后回来尝个鲜。如误了事,一家子死啦死啦的!说完,他拉过"斗鸡眼",你的留下,好好地看着!

小队长带同伙出去后,大海想起这些天岛上及附近海域,隔三岔五就有人惨死在这帮斩千刀的枪口上或刺刀下……如今还想尝个鲜?!哼!一不做,二不休!于是,他当着"斗鸡眼"的面,先切除掉所有河豚的内脏等部位放在一旁,将鱼肉洗干净……

大海正寻思着如何支开"斗鸡眼","斗鸡眼"忽有一急,出后门方便去了。大海快手快脚地抽出五六块肝脏,匆匆混入鱼肉中,下锅,加盖,起火……

"斗鸡眼"一返回,大海笑了笑说,老总,内脏等有毒的已装入小篮子,肉也下锅了。打开看看?说着,揭起锅盖朝他一扬,顿时热气袭人,"斗鸡眼"咿咿呀呀地边躲闪,边摆手。大海暗笑,这披人皮的狗!随即又一指小篮子,我的看火,请你把它拿出去倒掉?

"斗鸡眼"似不太情愿地拿起小篮子出去了,瞬间又返回厨房。

过了好一会儿，估摸着该熟了，大海却对"斗鸡眼"说，老总，河豚还未熟，这厨房又窄又暗，烟火熏人，你到外屋休息一下？好了叫你？"斗鸡眼"想，有毒的都倒掉了，没事了，便离开厨房。大海迅速揭开锅盖，待热气一散，将肝脏一一挑出清理干净……搞定后才叫"斗鸡眼"进来，将香喷喷的河豚肉装满大盘小碟……

一转眼，时针转了一圈多，小鬼子们已返回大海家。大海不慌不忙地把他们领到餐桌旁，比画着说，河豚已做好啰。大海的话音还未落地，小鬼子们一个个直吞口水，有的已迫不及待地把手往餐桌上的大盘小碟伸去……

慢！小队长厉声喝道。旋即问"斗鸡眼"，"你的一直看好？"

"斗鸡眼"双脚并拢："嘿！一直看好！"

小队长突然狡黠地问大海，"你的家人去哪里的干活？"

大海暗忖：幸好去避难了。他笑了笑，"前天，我娘带我的妻子和两个小孩过海探亲去了。"

小队长的大板牙一龇，朝大海猛一抬刺刀，阴笑道，"这鱼吃了真的没事？"

"没事！"大海把胸脯拍得山响。此刻，大海的脑海里不停地闪过小鬼子犯下的种种暴行……哼！为了惨死的同胞，今天拼掉老命，也要引他们上钩，把这帮人面兽心的家伙送到海底去喂鱼！一比八，值了！于是，他指着"斗鸡眼"，满脸堆笑地对小队长说，太君，你们不要担心，有他一直看着呢，这鱼吃了保证没事。不信，我的先尝。随后，抓起一大块河豚肉，大口大口地咀嚼着……

眨眼间，大海朝小鬼子们又笑着说，哇……味道大大的好！紧接着，又若无其事地抓起一大块河豚肉塞进嘴里……

哟西……哟西……小队长一声喊，饥肠辘辘的小鬼子们和"斗鸡眼"大声嚷着，伸手的伸手，张口的张口，争相狼吞虎咽起来……

眼看着小鬼子们和"斗鸡眼"每人吞了四五块河豚肉落肚，大海左手紧扶住一把椅子，右手猛一拍饭桌，大声喝道："你们也有今日！想不到吧？哈哈……"笑声瞬间传遍整个海岛，激起涛声震天……

笑声中，小鬼子们和"斗鸡眼"一个个死猪般横七竖八地陆续瘫倒在地……

（原载 2015 年 8 月 5 日《南方日报》。获惠州市纪念抗战胜利70 周年征文大赛二等奖）

大壮家的水牛

很久很久以前,咱村村民大壮养了头大水牛,这大水牛身高一米九,体长近三米,身强力壮,全身毛色带黑,平日性情温驯。可每年参加镇里的斗牛节,就变得异常勇猛,打遍十乡八里无敌手。干活又是一把好手:犁田,耙地,拉车……样样在行,从不偷懒。大壮待它如同家人。

那年九月初九的下午,大壮九岁的儿子阿根,按老爸的嘱咐,牵着大水牛去草场好,却较偏远的草龙坑放牧。太阳离山好几丈高时,骑在牛背上的阿根突然惊呼道,哎呀……埋头吃草的大水牛猛抬头,不好! 只见十几步开外,一只下山虎正龇牙裂嘴地一步步逼近……

来者不善呀! 大水牛迅速瞄了一眼四周,此刻山坑里已无别人,唯有自救了。于是,它沉着地一扭脖子,朝背上的阿根点了点头,好像在说,坐稳啰,别怕,有我哩! 阿根似乎明白了大水牛的意思,紧紧地趴在牛背上。

紧接着,大水牛猛一跺脚,两只犄角向前,低头怒视着老虎:想打咱家小主人的主意,门都没有! 随即摆开赛场上勇猛搏斗,威风八面的架势:时而用前蹄猛力刨地,时而"呼哧呼哧"地喷着怒气……

近了,只有几步了。老虎望了望牛背上的阿根,咽了咽溢出嘴角的垂涎,"嗷"地一声吼,从正面发起了攻击,但见它纵身一跃,气势汹汹地朝大水牛和阿根猛扑过来……

看招!大水牛瞄个正着,奋力扬起两只犄角,朝扑将过来的老虎拼命一顶,旋即左右开弓,又一甩……只听"嗷"的一声惨叫,老虎四足朝天倒在地上……

老虎虽未得手,可大水牛的颈部也被抓了几道痕。更悬的是,由于大水牛用力过猛,阿根一不小心从牛背上滑落地下,晕了过去。大水牛立马将阿根牢牢地围在四条腿中间。首战告捷,它更加淡定。

一眨眼,老虎缓过神,爬起身,两眼骨碌碌地瞅着近在咫尺的阿根,口水直流……过了一会儿,它大吼一声,又从侧面发起了攻击,低头朝大水牛的左前脚和左后脚之间,似箭般直冲而去……

说时迟,那时快,大水牛闪电般转过身来,"哧"的一声响,头一低,朝老虎狠狠地直顶过去,两只犄角左勾右戳,再一甩……又是"嗷"的一声哀鸣,老虎被顶了个嘴啃泥……

就这样,老虎左扑右攻,欲取阿根性命;大水牛左顶右挡,誓死守护着阿根。几个回合之后,大水牛多处受伤,老虎更是伤痕累累。在此期间,阿根曾被惊醒,很快又晕了过去。这时,大水牛似乎越战越勇,饥肠辘辘的老虎却筋疲力尽了。周旋了一个多小时后,老虎见捞不着啥便宜,终于沮丧地一扭头,消失在暮色中。

大水牛"哞"地长舒了一口气。随后轻轻地挪脚,转身,低头,用舌头轻舔阿根的脸部,阿根仍未苏醒,便又围着阿根转了一圈后,最后用右犄角小心地勾起阿根的腰带,半举着阿根趁着夜色,深一脚浅一脚地往家走。

一到家门口,大水牛"哞"了两声。屋里的大壮闻声匆匆出来,左手打着手电筒一照,见阿根被大水牛的犄角勾着,不省人事。速将阿根解下。再一细看,阿根的腹部多处红肿。大壮顿时火冒三丈,右手抢过一根竹棍,一边骂,一边朝大水牛的头、身、腿,好一阵猛击⋯⋯大水牛不躲不闪,眼含泪花,怔怔地望着主人⋯⋯

别打啦⋯⋯快别打啦!被惊动的大壮妻子从厨房出来,见大壮发疯似的毒打大水牛,再三劝阻。劝什么劝!畜生就是畜生!枉费咱们待它这么好,你看看,阿根被它整成啥样了! 大壮吼完又打个不停⋯⋯

爸,妈,你们⋯⋯阿根终于醒了。阿根,到底咋回事? 大壮这才扔掉竹棍,边扶起阿根边问。此时,大水牛摇了摇头,悄然离去。阿根带着哭腔,惊魂未定地将大水牛勇斗老虎,舍身相救的经过,断断续续地说了。大壮心一揪,猛捶头,转身欲向大水牛谢罪,大水牛已没了踪影。他立马拉着阿根打着手电筒,跑遍村头巷尾,再追出村外,寻找大水牛,至深夜未果。

第二天一早,大壮父子俩又翻山越岭,四处寻找大水牛,直到中午,终于在草龙坑尽头的一棵老松树下,看到了十分悲壮的一幕:大水牛将一只老虎紧紧地顶在老松树下,两只犄角像钢钎一样,一只扎入老虎的颈部,一只插进树根。周围草地上血迹斑斑,随处可见刚刚恶战过的痕迹⋯⋯几只乌鸦在上空盘旋,不时发出凄切的叫声⋯⋯大水牛和老虎均已身亡。大壮"咚"的一声给大水牛跪下,声泪俱下,唉,你呀⋯⋯

没过多久,草龙坑尽头那棵老松树旁,添了个新坟,并立一墓碑,墓碑上写着:

大壮家的恩人大水牛之墓。

（原载 2016 年 6 月 23 日《南方日报》。被 2016 年第 8 期《小说选刊》转载）

这不是钱的事

唉！快下晚班了，还没接到一个客。在大街边兜客的的士司机老甘有些心烦了。

突然，老甘看见一位大娘抱着一个满脸血迹的小孩，从车外匆匆往市医院奔去。老甘心一急，下车猛跑几步，拉住大娘，大娘，坐我的车快。很快，老甘把那大娘和小孩送到市医院，又送进了急诊室。一转身，大娘有些着急地对老甘说，谢谢您师傅，多少钱？老甘直摆手，大娘，护理小孩要紧，我走啦。

返回的士，一位衣着得体的中年汉子跑来，师傅，跑长途吗？去哪？老甘问。南都县城。那汉子薄唇一咧。老甘一看手表，5点10分。去南都县城来回个把钟头，来得及交班。便说，行。多少钱？那汉子又问。老甘笑了，不打表 100 元；打表，到时看。打表吧。那汉子也笑了。上车后，的士向南都县城急驰……

车上，老甘打趣道，老哥，看你相貌不凡，不是从政就是老板吧？去医院探病人？

那汉子嘿嘿一笑，口沫横飞地说，不瞒你说，我姐开饭店，我哥搞房地产。我嘛，开超市，一年几十万进账，这大半辈子从不差钱。家有小车两辆，孩子他妈驾车去省城进货，我那辆给孩子载女友旅游去了。只好临时打车来市医院看一位生意上的朋友……

转眼间，车到南都县城。咋走？老甘问。那汉子一扭头，往左拐,再转右,直行不远,就是我住的县城最高档的景帝小区。果然,几分钟后,的士停在景帝小区正门。下车后,那汉子问,多少钱?老甘一看表,116元。那汉子掏了衣兜掏裤袋,一脸歉意地说,师傅,不好意思,不知咋搞的,仅剩20元。你先收下,还有96元,我回家取。

老甘心里直嘀咕,咋不像不差钱的主?正踌躇间,那汉子突然指着小区大门右侧的文明小区牌匾,又指指门卫,拍拍胸脯,不就96元吗,就等15分钟,请门卫作证。门卫挪过一张凳子给老甘,师傅,你就等一会儿吧。

老甘面无表情地坐下说,信你吧。放心!本人一向一口唾沫一个钉。15分钟后见。那汉子说完,一脚跨进小区大门……

然而,左等15分钟过去了,右等15分钟又过去了……足足等了一个小时,仍未见那汉子的身影。

老甘眉头深锁,请门卫催那汉子。门卫苦笑道,我知他住这小区,但不知他姓甚名谁,咋催?老甘又请门卫帮忙寻找。门卫一脸无奈,这小区有十多栋楼,住着上千户人家,我不知他住哪栋哪楼哪房?上哪找?再说,此时管理处的人也下班喽。老甘沉吟片刻,又问门卫,那汉子平日只从这正门出入?你值班到明天早上?是。门卫答。那汉子啥时候出来,你都能作证?老甘再问。必须的!门卫直点头。

这时,夜色如墨。与老甘倒班的司机来电话催交班。老甘直倒苦水。那司机电话里说,哎,就96元,别等啦。

等!这不是钱的事。咱换个班,明天你开。老甘语气笃定。

夜深了。那汉子还是没有出来。

门卫悄声问,师傅,那人欠你96元?老甘微微点头。门卫说,这么晚了,许是他忘了。不如我先给你,明天早上他出来,我跟他取回？不妥！老甘婉言谢绝。门卫劝道，就为96元，别再等啦。

等！这不是钱的事。老甘语气如铁。

门卫轻叹一声，师傅，给你叫外卖吧。随即打电话，十来分钟后，一服务生送来一个盒饭。老甘起身对门卫和服务生连声道谢，付钱，接过盒饭，坐下吃将起来……刚完事，一过路男子问老甘，师傅，跑长途吗，去市区？不去。老甘头也不回。师傅，我出双倍价钱。那男子又问。门卫微笑着再劝道，哎，正好补回欠数，都快12点啦，那汉子不会出来了，除非等到天亮，师傅，去吧。不去，这不是钱的事。等到天亮也要等！老甘语气似钉。

门卫内心叹道，唉，那汉子真差劲，这师傅真够拧！

终于，天亮了。

终于，那汉子仪表光鲜地跨出了小区大门。他抬头一见老甘，一脸惊愕，旋即低头转身，欲退回小区。哪里走？老甘猛地一声喝，上前一把揪住那汉子。这时，进出小区的人越围越多。老甘对着大伙一五一十地将事情的经过说了。门卫紧接着说，这位师傅说的全是真的。

众人哗然。

那汉子满脸通红地掏出一百元，塞给老甘，支吾着，甭……甭找了。说完，转身欲逃。

等一等！该我得的，一分不能少；不该我得的，多一分也不要！这4元钱你拿回去。老甘一本正经地说。

临上车前，老甘又一脸不屑地扔给那汉子一句话，老哥，记住，一口唾沫一个钉，不光是说来听的。

（原载2016年8月1日《羊城晚报》。被2016年第19期《小小说选刊》转载）

看啥风水

村里老一辈人常说一句话,风水轮流转。

也是。好多年前,村里小学毕业的肖幸,仗着表叔是镇里的什么长,闯到镇上开公司,办鞋厂,做生意……赚得盆满钵满,转眼间成了全镇数一数二的大老板。

可是好景不长。前年冬天,肖幸的表叔到龄退位,不到一个春秋,肖幸的生意戏剧般地缩水了:先是数百工人的鞋厂因长期拖欠工人薪水终于倒闭。后是债主上门,一家数十人的公司关了门。接着一家有100多间客房的宾馆盘给了几位债主。仅剩下一家大富豪饭店仍在惨淡经营……

这接二连三的打击,把肖幸整懵了,迷迷糊糊之中,肖幸猛然想起这没准是老家后山的祖坟经久失修,风水出问题了。于是,他又想起多年未联系的远房亲戚向维善老伯公。老伯公是年过七旬的退休教师,与邻县一远近闻名的风水大师私交甚好。不如……经过一番冥思苦想,肖幸终于决定请老伯公到大富豪撮一顿,然后说服老伯公去请那风水大师来老家看风水。

这天中午,肖幸厚着脸皮连劝带拉,把老伯公和他的孙子小韦请到大富豪饭店的总统厅,一进门,肖幸便朝领班猛喝道:"咋搞的,还不上茶,人都死哪去啦?"领班立马手忙脚乱地泡茶水……

老伯公看在眼里,听在耳里,心生两分不快。

两杯"龙井"入口,老伯公打趣道:"小肖啊,咋又想起伯公来啦?"肖幸笑嘻嘻地向老伯公再三道歉后,如实说明了来意。老伯公本想数落他几句,但想到为人应该宽容,且沾亲带故的,就改口道:"试试看吧。"

一上菜,却出了个小意外,端着一大盆"佛跳墙"的女服务员走近餐桌,抬头一看座上是一来饭店就骂人的饭店老板,猛地打了个愣怔,手一抖,盆一斜,约小半盆热汤水把身边肖幸左脚穿的皮鞋淋了个正着。

肖幸站起身,猛跺脚,旋即破口大骂:"没长眼睛的笨猪!"随即"啪"的一声,朝刚放下汤盆的女服务员狠狠地捆了一巴掌,女服务员一个趔趄,定了定神,边捂着脸,边赔不是:"对不起,对不起……我赔,我赔……"

老伯公眉头一皱,心生四分不快。遂拉开女服务员,转头劝肖幸:"小肖啊,她又不是故意的,算了。"

"算了?!"肖幸仍怒不可遏地对女服务员骂道:"一句对不起就算啦?你赔,你赔得起吗?你知道这是本老板前几天花了好几万块钱托朋友从国外买回来的世界名牌皮鞋吗?"说完,扯下餐桌上一块擦手的白毛巾,劈头盖脸地扔给女服务员,随即将左脚猛力一蹬,紧接着"嗤"的一声,往刚蹬脱的皮鞋猛吐了一口浓痰,对女服务员吼道,快给我把弄脏的皮鞋擦干净!

女服务员双手拿起从头顶滑落下来的白毛巾,战战兢兢地蹲下身子,对着那只沾着汤水和痰的皮鞋又是擦又是抹……肖幸仍在骂骂咧咧……

老伯公眉头紧皱,心生六分不快。少顷,见皮鞋擦得差不多了,肖幸又对女服务员喝道,"去,把经理叫来。"很快,经理进了总统厅。肖幸先把经理臭骂一顿:"你从哪里的垃圾堆里拉来的蠢驴,也敢派到总统厅……"骂完,对经理厉声道,"去!把这头蠢驴的工钱结了,叫她立马消失!"

"咚"的一声,女服务员给肖幸跪下,哭喊道:"求老板开恩,我丈夫长年卧病在床,两个小孩尚在读书,还有个年迈的婆婆,一家五口全靠我啊……"

老伯公眉头猛皱,心生八分不快。他上前把女服务员搀起

来,安抚几句后,忽地抬高嗓音说:"小肖啊,谁都有不小心的时候,得饶人处且饶人。咱们吃饭吧,你不是说饭后叫司机送我和小韦去请风水大师给你家看风水吗?"

"别急。今天非要她走人不可!"肖幸仍不听劝阻。

此情此景,老伯公不禁想起前些年肖幸为富不仁的种种传闻,顿时心生十分不快。但他还想再劝一次,又闷声道:"小肖,给我两分薄面,给她一次机会。"

"这与你无关。我在整顿饭店内务。给她机会?谁又给我机会?"肖幸还是没有松口。

老伯公猛瞪了肖幸一眼,愤然道:"那好,我们走!"说完,拉起小韦头也不回地朝厅外走去。

小韦不解地问:"爷爷,不去请风水大师帮他家看风水啦?"

"哼!还看啥风水?他的作风不就是风水!"老伯公语气比铁还硬。

(原载 2016 年 12 月 29 日《南方日报》)

加　钟

　　打了个饱嗝的副局长请示局长，下午局里有个档案升级工作会,请局长到场强调几句?

　　局长发红的双眼一眯缝,说:"这是你分管的,自个开……开吧。"

　　副局长又说:"市电视台记者要到会录像,你还是去吧,以示重视。"

　　局长双眼一亮,那就去……去呗。

　　下午,会议已近尾声,副局长附着局长的耳根,说:"时间差不多了,请局长做指示。"

　　局长双眼一睁:"加……加钟。"

（原载 2010 年 12 月 27 日《羊城晚报》）

解　脱

一进家门，夫对妻扬了扬手中的茅台，亲爱的，弄两个好菜。

妻不解，非逢年过节，啥事惹得你这么高兴？

夫一脸诡秘，稍后为你解密。

转眼间酒菜上了桌面，三杯过后，夫如释重负，你知道，咱从考公务员到当股长，一路欠了老局长一屁股的人情债，这些年逢年过节或他有啥屁事，少不了上他家走动，真烦死了！唉，如今终于可以解脱了。

解脱？妻仍一头雾水。

夫满脸阴笑，昨晚他突然走了。

（原载 2011 年 1 月 10 日《羊城晚报》）

称　呼

　　酷爱写作的某君偶识某国家级权威杂志名编辑查某，尊称其为老师，查某一笑置之。数年后，也许是天赋加勤奋再加查某点拨和力挺，某君一作品在国家级权威杂志发表，蜚声文坛。此后，某君与查某打交道，改称查编辑，查某又一笑置之。

　　不久，某君那作品终获国家级大奖。忽一日，某君打电话找查某，直呼老查，查某仍一笑置之。后为约稿，查某数日多次拨通某君手机，却无接听，查某愕然。

（原载 2011 年 4 月 4 日《羊城晚报》）

有完没完

阿福当年考高中仅差 1 分而落榜,找某局长表叔出面搞定。后考大学又名落孙山,仍请表叔设法联系到某单位当临时工。

几年后,阿福表现不俗,待遇却与正式工差一大截,遂又让表叔出面找人,几经辗转,终于解决其事业编制。

过了几个春秋,阿福又叫表叔帮其解决"签单权"。表叔哑然失笑:学历一般,且非公务员咋提拔?再说,我也已退,你还有完没完?

真没劲! 阿福猛一拍屁股,拂袖而去。

(原载 2011 年 8 月 1 日《羊城晚报》。被 2011 年 8 月 15 日上海《文学报》、2011 年第 24 期《小小说选刊》转载)

简简单单

牛伯三个儿子出息了,那年兄弟仨给老爸过生日,一官半职的老大,陪老爸去欧洲几国转了一圈;开连锁店的老二,给老爸在某大酒店摆了数十桌酒席;做小生意的老三,花了两千多元带老爸上某酒店桑拿了一把。

事后,兄弟仨跟老爸闲聊。出国够潇洒了么? 老大问。老爸沉吟不语。数十桌酒席蛮风光吧? 老二紧接着问。老爸仍笑而不答。不知老爸桑拿舒服否? 老三满脸忐忑。

牛伯终于嘿嘿嘿地笑着说,老大老二都太破费了,还是老三安排得简简单单的好哇!

（原载 2011 年 8 月 1 日《羊城晚报》。被 2011 年第 24 期《小小说选刊》转载）

将锋芒刺向社会病态的穴位
——海华小小说印象

杨晓敏

近些年,官员写作成为文坛一景。在庞大的小小说作家的队伍里,同样不乏领导干部们的写作身影,如韩英、丁新生、陆颖墨、王琼华、王庆高等,海华也是其中的一位佼佼者。

四年前我去广东惠州参加"申平小小说研讨会"见到海华时,他已退居二线。据文友讲,海华早年担任乡镇和县机关资料员。不久,在县里当新闻秘书,他在这个岗位上发表了大量的新闻作品,多次被广东省委机关报《南方日报》评为优秀和模范通讯员,后有厚厚一大本新闻作品集问世。后来从政。2006年年底,海华从惠东县政府退居二线后重操旧业,写起了所热爱的小小说。几年的时间,他以海华、闲人为笔名,在《文艺报》《南方日报》《羊城晚报》《作品》《百花园》《小小说月刊》《天池小小说》等20多家报纸杂志上发表了200多篇小小说作品,先后出版了《台上台下》《麻将春秋》两部小小说作品集,作品多次入选《小说选刊》《小小说选刊》《微型小说选刊》和《中国年度小小说》等各种权威选本,并且连续获得了全国小小说年度评选一等奖、二等奖、中国首届小小说擂台赛二等奖、全国梁斌文学奖三等奖、全国廉政小小说征文优秀作品奖等多个奖项。他加入了广东省作家协会,成为惠州市小小说学会副会长，也成为一位脱颖而出、在全国有一定知名度的以描写"机关生活"为主的小小说作家。

生活阅历确定了海华的创作方向。纵览海华发表的小小说作品，大部分都是写机关生活的，有一些虽然表面上写市井生活，但究其底蕴，依然折射出机关形态。正如小小说评论家雪弟所言："海华有少量作品，譬如《买纽扣》《起名》《'姐妹'聚餐》等，它们表面上是写市井百态，与机关生活无丝毫的联系，但若深究，我们便会领悟到，它们依然属于机关叙事的范畴。只不过，它们比较隐秘罢了。"

读海华的小小说，展现在我们眼前的，是机关生活的方方面面，上至有一定级别的领导，下到机关办事员，人物林林总总，千奇百怪。但是所有作品的主题却都是一致的，那就是对某些体制缺憾、官场弊端的质疑和针砭。

海华从机关生活的海洋游到普通人生活的岸上，深谙机关习性三昧，浑身上下的每一根毛孔里都藏着曾经熟悉的生活故事。许多鲜为人知的机关生活隐秘，在他笔下鲜活起来。仅以《专项经费》和《机关三题》为例，即可见机关生活之一斑。《专项经费》说的是为迎接上级检查团的到来，镇里拨出了一笔专项经费用于接待之用，但是检查团突然又不来了，这笔经费如何处理？商量的结果是镇里的干部吃掉酒席，领走礼品，怕在外出差的干部有意见，干脆另行打点。于是皆大欢喜。这就是当下机关奢华腐败风气的一个缩影！人人有份，法不责众，看似公平，实则损害的是国家和集体利益。《机关三题》中的《送"瘟神"》，写的是机关里的明争暗斗。局长想把一个被称为"搅屎棍"的副局长挤走，暗示手下，组织部来考察时都讲副局长的好话，结果弄巧成拙，被调走的倒是他自己，那个讨人嫌的副局长却成了一把手。而在

《小陆的日记》中，爱写日记的小陆，他的日记曾帮助领导洗刷清白，但是后来，却又成为领导渎职的证据。而《麻将春秋》中的岑局长，在台上时打麻将所向无敌，一旦退休却屡"战"屡败……这三题所揭示的，正是机关生活的蝇营狗苟、趋炎附势状况的部分真实写照。在不动声色、貌似温情脉脉的表象背后，却有着触目惊心甚至是水火不容的一地鸡毛……

海华不但以他的小小说为我们揭示了机关生活一角，让我们看到了其中的种种西洋景，还塑造了许多典型的机关人物，令人过目不忘。比如《最佳人选》中的"秘书"，就是一个"有意味儿"的独特形象。某电视剧组在海滨镇开拍电视剧，需要招聘一名饰演镇党政办公室主任的角色。虽然应聘者甚众，但是一时找不到一个最佳人选。突然间来了一人，能哭善笑，面对现场考题应对自如，表演入木三分，活灵活现，拿捏准确到位，当即被导演选中。问之则曰：一直为各级领导担任秘书，他来现场，不过是想试一下自己在生活中的演技而已。说完扬长而去。此篇有黑色幽默之效，一个活生生的被官场生活"异化"了的小人物跃然纸上，让人啼笑皆非之余，难免喟然长叹。

海华的一些写市井生活的题材，实际上也和机关生活密切相关。《买纽扣》说的是一个老太太让自己的儿孙们去替自己买一枚小小的纽扣，儿孙们却互相推托，最后让一个不更事的孩子出面去买，结果不但纽扣没有买回来，还险些酿成大祸。这不正是当下机关人浮于事、互相扯皮的情景再现吗！《起名》里的一家人挖空心思为孩子起名，最后的结果是孩子的名字是长长的一大串汉字。这实际上正是对所谓精简机构却越简越多现象的绝妙讽刺。还有《"姐妹"聚餐》里的阿芳，别人打牌她辛苦下厨，累得要死不说，吃饭时姐妹们不但不说好，反而说三道四，不是说咸就是讲淡，气得阿芳涕泪交加。这篇小小说所揭示的，正是机关里那种干活者有错，不干活者得便宜卖乖的现状一种。

　　读着海华的作品，我对他独特的选材和犀利的文笔怀着浓郁的兴趣，印象也越来越深。海华注重小小说的思想性，其尖锐的锋芒直刺社会病态的穴位。在语言上力避浅薄直露，叙述时诙谐幽默，显得趣味十足，可读性强。他善于营造内在的故事结构，解剖事物具有典型意义，塑造人物力争使其真实可感。尤其在结尾时习惯留下余味深长一笔，供读者长久地咀嚼思考。

　　海华姓崔，是广东惠东县平海镇人，与他熟悉的文友们仍习惯叫他"崔县"，调侃中亦有尊重。这几年广东惠州的小小说读写队伍日渐壮大，创建了"惠州小小说学会"和"中国小小说惠州创作基地"，出刊物、搞评奖，享誉全国，被业界公认为"惠州小小说现象"。惠州市小小说学会会长申平先生对我说，这些工作里面，海华身体力行，在策划筹备和具体的组织实施中，起到了不可或缺的作用。

　　我当然深信不疑。

　　　　　　　　（选自《当代小小说百家论》(杨晓敏著)）

全民微阅读系列

小小说300篇鉴赏(282)

　　幽默是一种智慧,既能兼顾严肃的主题,又能令情节妙趣横生。海华的小小说《批判会》以淋漓尽致的表现手法,对社会生活中的不正常现象进行抨击,化解矛盾于无形,大庭广众,众目睽睽之下,宛若上演了一出滑稽剧,是一篇含蓄的批判现实问题的作品。虽然写的是特殊年代的一件司空见惯之事,却寄予遥深,读罢令人浮想联翩。

　　临近清明节,村民因忙于插秧苗,没来得及去上级部门办理生猪宰杀审批手续,大水在生产队长旺叔和副队长七叔公的授意下,宰杀了一头自家养的猪让全村人过了节。在那个荒诞的年代,私自宰杀生猪是无政府主义,被人告发,求情不成,要生产队召开大水的批判会。旺叔和七叔公两个人物形象刻画尤为成功。批判会上,旺叔和七叔公一唱一和,黑红脸搭配,旺叔不动声色间,就把全村村民和被批判者大水划归同一阵营,首先取得了全体村民的支持;七叔公则装糊涂卖傻,正话反说,当着全体村民的面,把大队及公社干部们的行径抖搂出来,一场批判会,不经意间风向逆转,群众哄笑,干部们则只好草草宣布批判会结束。旺叔和七叔公,脑洞大开,巧于周旋,捍卫了村民的权力,也在亦庄亦谐的氛围中,对不正之风进行了讽刺嘲弄。

作者善于一语双关，含沙射影，在大家的啼笑皆非中，旁逸斜出。作品语言紧贴人物来写，诙谐幽默，绵里藏针，生动风趣，极有生活气息，是刻画人物形象成功的关键之处。一场原本很沉重的批判会，最后变成一场闹剧收场，其批判力量却丝毫不减，体现出智慧的力量。

一个颇具才情的"小老头"

申平

海华经常自称"小老头"。好些文友却习惯地叫他"崔县"

海华本姓崔名国华,广东惠东县平海镇一介平民子弟,因老家近海,故取笔名海华——乃大海中一朵小浪花之意也。他自幼刻苦读书。参加工作后,喜欢舞文弄墨。继而开始业余新闻写作,乐此不疲。后被调任惠东县委新闻秘书,曾连续三年被《南方日报》评为优秀通讯员,后被评为模范通讯员。数年后,在惠东县政府任副职。

却说海华退位之后,又重操笔墨。瞄上了曾经操练过的小小说。短短几年间,竟然以海华、闲人等笔名,在《南方日报》《羊城晚报》等报刊上频频露脸。当其时也,能在省级大报上发表小小说的,惠州尚无几人。

话说 2007 年夏天,我又在《羊城晚报》上发表了一篇小小说。碰巧的是,在同一版面上还有一篇署名为"闲人"的作品,"闲人"后面的括号里,写明"惠州惠东"。那时候,我正在张罗成立惠州市小小说学会,到处招兵买马。顿觉这是个好手。于是,便向我熟悉的惠东作家吴小军打听,"闲人是谁?"吴小军也懵然不知,却答应帮忙寻找。数月后小军来电称,"闲人"乃是我县曾在县政府任过副职、现已退位的崔国华是也。并说,他也很想认识你,可否把你的手机号码给他?我欣然答应。几日之后,他打电话来了,竟然满口标准的普通话。彼此客气一番之后，我们约定了见面的时间、地点。没想到这一见，居然一见如故，一段"三生有幸"的友谊就此拉开序幕。

人与人之间也许真的存在缘分。在此之前，我曾到惠东县安墩镇下乡，写过一部中篇小说，题目就叫《老崔下乡》，发表在《作品》杂志上。说来也怪，中国的姓氏那么多，我当时为何没写老张老李老肖老马呢，鬼使神差，我偏偏写的是"老崔"，这似乎注定了我要和惠东一个姓崔的人发生联系。莫非冥冥之中，真有前世之缘？

一晃，我和海华已经认识交往近 10 个春秋，但我们第一次见面的情景依然历历在目：在惠州市区一家酒店里，一个中等个头、朴实中透露着干练的中年人满面笑容地迎上前来，热情地跟我握手，并自报家门：本人崔国华，笔名海华，小老头一个。

落座之后，我仔细打量眼前这个曾经做过县太爷的"小老头"，觉得似曾相识，起码和想象之中的差不多。他不苟言笑，全身上下找不到半点官气，却不时显露出知识分子的儒雅之风，极其平易近人，这让我一下拉近了和他的距离。

一番交谈之后，我们很快找到了许多共同点：都是农村出身，都曾经搞过新闻，都比较早地涉猎小小说。不同的是，一个在北，一个在南；一个写而优则仕，一个写而多则联（文联）。要不是改革开放，也许我们下辈子都不会有缘。

这一见之下，彼此都觉得相见恨晚，正所谓高山流水觅知音，我们由此的交往日渐紧密起来。那时候，海华其实还处于半退休状态。他仍在县慈善总会任副职，还有一些公务要忙。他常来惠州，也常约我见面。特别是我们把他增补为惠州市小小说学会副会长之后，见面的频率更高了。

每次和海华见面，谈论的话题都离不开小小说。渐渐地，我惊讶地发现，这个从官场里摸爬滚打过来、自称是小老头的人，颇具才情，思维依然那么活跃。每次见面，他都会带来一些新的思想，新的故事。最令我佩服的，是他竟然能够从过去的机关生活中发现小小说元素，精心进行提炼加工，然后用生动的语言加以描述，形成了一篇又一篇脍炙人口的作品。

大家知道，机关生活是最为枯燥乏味的。我本人平时也在机关上班，但是我却很少能够从机关生活中发现什么可写的东西。但海华有一双在平凡的机关生活中发现美、发现丑的眼睛，能够把那些司空见惯的人物和事件典型化，并且有化一般为深刻，化腐朽为神奇的能力，抓住一点，深入开掘，或歌颂，或鞭挞，直逼生活的本质。他的小小说，往往选材独特，主题讲究，构思精巧，人物鲜活，在全国小小说作家中，作为写机关生活题材小小说，他应该算是属于独树一帜的人物。

这些年来，海华的小小说创作持续呈直线上升趋势，数十篇作品入选《小说选刊》《小小说选刊》《微型小说选刊》以及各种权威年度选本，先后出版了《台上台下》《麻将春秋》两部小小说作品集，并十几次获奖。他的《最佳人选》《水牛王》《起名》《化妆大师》《买纽扣》《批判会》《榕树下的酒庄》《隐形手套》等作品，堪称名篇佳作，受到杨晓敏、杨克、刘海涛、伍世昭、雪弟等名家的高度评价。特别是《最佳人选》和《隐形手套》，其思想和文学价值不可低估。《最佳人选》中的那个百变秘书，令读者印象深刻，已经成为小小说人物长廊中的"这一个"；而《隐形手套》的魔幻手法和象征意义，更是令人刮目相看。这篇作品能够一路过关斩将，最后雄踞广东省纪委、《南方日报》、省作协联合举办的全国廉政小小说征文大赛一等奖第一名，的确实至名归。

海华平时为人实诚、谦和、低调，不事张扬，自称是自得其乐的老年写作者。他在创作上取得如此多的成绩，却从不向别人说起。我早就想给他张罗召开一次作品研讨会，或者邀请记者给他写篇专访，但他总是摇头婉拒。

然而，为了惠州的文学特别是小小说事业，海华也有抛头露面、甚至去求人的时候。记得，我从2007年开始发动一些企业家为惠州作家出资订阅《小说选刊》，搞了几年难以为继。海华知道后，一连几年出面找人搞定，而且在公开场合他总是把功劳归我，他则甘当无名英雄。学会每有活动，他总是十分热心地出主意，提建议，并且跑前跑后，替我分担。有些会议需要他出面主持，他就认真细致地做好功课，主持时声音洪亮，语言幽默，字正腔圆，颇受好评。今年我们在丰湖书院创办了惠州市小小说大课堂，我要他也上台讲课，他百般谦让。后来实在拗不过我的软磨硬泡，用他的话来说，在我的再三"苦苦相逼"之下，只好答应。讲课前，他不断把自己的思路讲给我听，征求我的意见，并认真准备了讲稿。后又向雪弟讨教。没想到讲课这天，年近古稀的他虽把预先准备好的讲稿放在讲台上，却始终没看讲稿，不慌不忙地坐在那里，中气十足，一字一板，条分缕析，思路清晰地娓娓道来。而且再三说权当汇报，令我钦佩之至。事后，市小小说作家微信群里的消息称：海华讲的课"倍受作家青睐"。

我和海华的友谊，就像是一壶陈年老酒一样，越来越甘醇了。我俩如果三几天不通电话，就好像缺了点什么。不知不觉间，我甚至对他产生了一定依赖心理，正式场合如果他和另外几个兄弟不在，我就感觉底气不足。他也自觉承担起我的助手的职责，许多事情比我想得还细。有一回，我和他一起去一家企业办事，秘书认识他，对他尊敬有加。我半开玩笑地说了句"这是我的助手"。秘书惊讶地张大嘴巴，反问我说："你说他是你的助手？"看见他在旁边直点头，这才信了。自此以后，这家企业对小小说更是关爱有加。

我经常庆幸，今生能够遇到海华这样一个忠实可靠的朋友，是他帮助我完成了许多想做的大事，也是他和许多人在真心实意地同我一起把惠州和广东的小小说做强做大。人生得一知己足矣，我将以到南方结交了像海华这样的一大批朋友而感到自豪和骄傲。

在海华的小小说精选集即将出版之际，我写了上面的文字，也算是庆贺和祝福。我衷心祝愿这个颇有思想、颇具才情、侠肝义胆、也蛮可爱的"小老头"永远年轻，宝刀不老，写出更多更好的小小说作品，获得更多的奖项，出版更多的作品集，让惠州和广东的小小说大放异彩！

2016 年 12 月 10 日于书房

（广东省小小说学会会长，惠州市小小说学会会长，一级作家，《小说选刊》之微小说特聘编辑）

海华小小说的艺术个性和创作风格

刘海涛

海华的乡村平民小小说和乡镇官场小小说已经形成鲜明的个性风格。他写乡村的一般乡民日常生活,也写乡镇一级中国最基层的官场生态。他的小小说题材散发着真实的、浓郁的乡土生活气息。他的村民和镇干部的个性十分鲜活,从外表、言语、行为到心理都展现了一种原生态的真实人生。他叙述的小小说乡镇故事,既紧凑又幽默,读来让人在捧腹之余还能深深地陷入沉思和回味。"乡镇生活 + 鲜活人物 + 幽默叙述"便构成了海华小小说的艺术个性和创作风格。而海华的幽默叙述更有着特别的可供小小说创作理论总结的方法。

《批判会》《专项经费》的幽默效果来自于故事内容与叙述形式形成矛盾反差的构思。大水在生产队长旺叔和副队长七叔公的提议下"偷宰"了一头自己家养的猪,让全村人过了一个清明节,但在那个极左的荒诞年代,不经公社同意就杀猪属于"无政府主义"。于是公社和大队就下达指示要生产队开大水的"批判会"。"杀猪"是故事的"渺小内容",开批判会却是故事的"庄严形式"。于是,批判会上越是"上纲上线",就越是反衬了杀猪事件的渺小。庄严与渺小的反差结果就构成了作品令人啼笑皆非的幽默和讽刺。内容与形式反差越大,作品的反讽效果就越好。《专项经费》也是这样的构思法:镇里迎接市县"建设新农村检查组"的检查,准备工作十分充分,但后来检查组不来了,镇里为摆平迎检工作留下的矛盾,竟超出预算报销了所有的迎检费用。作品的立意是对乡镇基层官场的形式主义、官僚主义、享受主义、奢靡之风来了个有力反讽;而作品在叙述方法上,仍然是一步一步加大渲染"迎检"形成的情节,而到了作品结尾:"故事的主体事件"不了了之——检查组不来了,但此刻被层层加码的费用仍作为迎检的费用而报销。这两篇作品的构思与叙述,最典型地代表着海华小小说写作方法——机智地制造"小小说事件"的内容与形式、现象与本质的矛盾反差,由此产生瞬间顿悟,在忍俊不禁的笑意过后,便浮现了搁在心头沉重的作品立意。

海华的乡村故事和官场故事,基本上都有一个蕴含着立意的突变和渐变。精彩、机智的意外结局,构成了海华乡镇故事的叙述情趣。乡村故事转折式结局叙述法是构成他小小说创作个性的有效方法,他的对比幽默、反讽幽默、隐含幽默都证明他的小小说创作已经形成了自己的风格与个性。他的叙述语言相当洗练、紧凑,并能融入一些大众均能欣赏的浅显的古语词汇和句式,恰到好处使他的小小说文体有效地节制篇幅,快速地推进故事的讲述节奏。

(节选自《智慧与创意:小小说解惑》、中国社会科学出版社,2014 年,《模型与方法:小小说教程》,广东人民出版社 2016 年版。作者系岭南师范学院党委副书记、教授、著名小小说评论家)

审美的发现与叙事的智慧
——评海华小小说

伍世昭

　　海华的小小说此前零星看过一些，如《隐形手套》《水牛王》《大海》《知音》等至今还都有印象。这次海华要出精选集，又通读了其所选全部作品。尽管不能说篇篇珠玑，但好的篇章实在不在少数。在我看来，《最佳人选》《隐形手套》《批判会》《起名》《老艾》诸作，甚至可以说是留得住的。总体上说，海华小小说值得品味的有以下几点：一是对生活普遍意蕴的发掘；二是鲜明的反讽"风调"；三是别样的艺术构思。

一、发现的眼光

　　相信绝大多数小说家在表现对象时都有这样的考量，即究竟写什么才是有意义的？或者说什么东西才值得写入小说？我将要写出的东西能否引起读者的共鸣？等等。这都需要发现的眼光——在纷繁的日常生活万象中发现普通人视而不见的人生意蕴，这正是小说家超出常人之处。海华小小说的魅力也在于此。《称呼》写一酷爱写作者因名声的提升而对施惠者称呼的变化，揭示了"一出名脸就阔"的人性之陋；《起名》写一家人绞尽脑汁为孩子起名，委婉地讽刺了人们对于功名富贵的奢求；《赢家》写计老板学打乒乓球仅两个多月就要与教练一争高低以在老乡面前显摆，辛辣针砭了那种偶有所得便忘乎所以、缺乏自我认识的人格；《洋货迷》写"洋货迷"凤秀因盲目崇洋而"受辱"，批判了人们的虚荣与自卑心理；《这不是钱的事》写一中年男子打车不照价付账甚至欺瞒以赖账，表现了人与人之间诚信的缺失。上述作品所写之事，均为日常生活中常见之事，但作者却屡有发现，并给人以启悟。

　　海华小小说"审丑"者居多，但也不乏美的发现。《榕树下的酒庄》中的成叔坚持只卖平价烟酒而求心里的踏实，实际上体现了一个生意人的良知；《铁面人》写市纪委老尚不徇私情排除干扰还案件以真相，乃是对廉洁正气的点赞；《水牛王》则通过"人与动物之间友好共处"的叙写，颇具"反思意味"地传达了"人类与环境之间"休戚相关的理念。在此类作品中，《四眼儿》最值得关注。该篇写人性之美，但与前述几篇不同的是，这种人性美是在灵魂的挣扎中彰显出来的，因而更为真实和深刻。《四眼儿》中的镇党政办干部师成开始时对镇党委"一哥"以狼狗大青招待换届考察组的暗示是有些动心的，因为这关系到自己上一个台阶的政治前途，尽管他内心"实在有些不舍"。但大青对家人的种种"情谊"和妻子"什么都可以缺，就是不能缺德"的提醒，最终让他对大青"又恢复了往日的友善与亲和"。

　　然则海华小小说的发现并不停留于此，而是更进一步从生活现象或事物之间的相互联系中抉发某种普遍性意蕴。海华的机关题材叙事已引起文坛一定程度的关注，但其价值却并不仅仅在于对机关伦理和秩序解剖本身，而是由此出发，去探究这种伦理和秩序向日常生活的渗透与迁移。《"姐妹"聚餐》写的是某局梅、兰、凤、秀、芳几"姐妹"的一次家庭聚餐，在谁来下厨的问题上却发生了小小的争执,最后这个任务落在了局办事员阿芳的身上,而其他四位不是副主任科员就是股长或副股长,因而理所当然地先搓几圈麻将了。按官级大小(尽管副主任科员、股长几乎就不算官)决定谁做饭菜,正是机关秩序向日常生活迁移的结果。《买纽扣》写一位年近七旬的老母亲嘱咐家人帮她买一枚纽扣,结果儿子、媳妇、孙女儿相互推托,而事情弄砸(纽扣没买成,害得小孙女儿摔了一跤后离家出走,且出了车祸)又相互推诿。评论家雪弟视该作为 "机关中的互相推诿和事不关己高高挂起的现象"[1] 的隐喻,实在是颇有见地的。这一说法由于看到了机关叙事与市井叙事之间的关联,因而有较高的价值含量。米兰·昆德拉曾说:"小说是'思想的召唤'","每一个真正的小说家都在等待听到那种超越个人意识的智慧之声"。[2] 所谓"超越个人意识的智慧之声",讲的就是在充分个象化基础上的普遍性意蕴的传达,它在很大程度上决定了小说的思想价值。

二、反讽的"风调"

阅读海华小小说,一般不会忽略其幽默的趣味,而这种趣味的获致则主要源自反讽叙事手段的灵活运用。对海华小小说来说,反讽叙事的频繁运用甚至使之超越了具体的艺术手段层次而上升为一种创作原则,并最终构成了其作品的整体风调。[3]

首先引起我们注意的是其小说的语言反讽。《批判会》涉及作品中的人物语言反讽,写的是在特殊年代村民大水因清明节前"偷宰"生猪而引发一场批判会的故事。批判会上七叔公含沙射影的批判,使批判的对象发生了倒转:字面上处处说的是"偷宰"生猪的大水的过错,实际上却旁逸斜出地指向了不公正的社会现象:干部吃肉家常便饭,农民好不容易吃一次肉却要接受批判。一场严肃的批判会因此而以闹剧收场。《一场游戏》《老艾》则是叙述语言反讽的例子。《一场游戏》写一群老同学为达成去某省旅游的目的而成功策划了一场游戏——去某省电视台现场录制征婚真人秀。小说以平实的叙述语言,不动声色地客观呈现了真人秀录制过程和参与者既兴奋又满足的心情,而在客观呈现的背后,却隐含了叙述者对游戏参与者和节目本身的多重批判,从而取得了"言在此而意在彼"的反讽效果。《老艾》的语言反讽性突出表现在对主人公老艾前后自相矛盾言行的叙述上。小说开篇就告诉读者,殡仪馆的主管局长老艾"口才了得,做思想工作颇有一套"。当殡仪馆三位大学生不安心工作要求调动时,老艾以保健院"善始"殡仪馆"善终"的精彩说辞成功地说服了他们,并使他们在以后的工作中发挥了很大作用,先后被评为先进,得到重用;但当他得知自己的女儿找的男朋友就是殡仪馆那位被评为先进的大学生时,顿时将先前做思想工作时冠冕堂皇的说辞忘到九霄云外,而大为不悦了。小说对主人公言行前后矛盾的叙述构成了极大的反讽张力,从而勾画出做思想工作颇有一套的老艾的可笑与可鄙。

海华小小说的人物塑造反讽也给读者留下了深刻印象。《最佳人选》以夸张的笔触写一名中年男子应聘某配角(镇党政办主任)演员时的各种表演:无论是笑与哭、逢迎与拍马、委曲求全与圆滑周旋,都显得游刃有余、惟妙惟肖!这名中年男子既不是演员,也不是电影学院的老师或学生,而是某副厅级领导的秘书。他来应聘并不是为了当一个演员,而只是想验证一下自己在官场生活中的演技而已。显而易见的是,其表演的成功的确验证了其官场生活中的演技;而官场与"剧场"、官员与演员的同构,则让读者不尽唏嘘——其表演越是精湛就越是暴露了其人格的卑琐与官场积习的丑恶,这就是反讽的艺术力量之所在。《知音》的人物塑造反讽同样值得一提。董副镇长学拉二胡已有三年时间，自以为演奏水平在全镇无出其右，平常练习时总喜欢邀请同事前来欣赏，每当遇到同事捧场称好时，就会得意地一笑，连声说是他的知音。一次参加镇业余文艺宣传队的公开演出，当他拉完名曲《江河水》听到一位七旬老太太号啕大哭时，竟又以为遇到了知音。正当他感叹不已自鸣得意时，老太太的解释却给他浇了一盆冷水：董副镇长拉出的琴声酷似老太太家养的老母猪临死前发出的惨叫声，老太太之所以号啕大哭则是因为她联想到了死去的老母猪。这里的反讽突出了董副镇长自以为是、缺乏自我反思的性格特点，而从董副镇长身上又能看到人类自我认知的局限。

海华小小说的主题反讽蕴藉隽永，常给人以深思和启迪。《贵人扶持》如其标题所示，是对世间一种普遍期待心理的解构。作品主人公小卜工作多年仍原地踏步，但自从看相大师指点迷津后，官运开始亨通起来。因为能喝酒，他得到了日后的贵人——镇委书记的"上级的上级的上级"的赏识，其官职也很快由一般干部被提拔为副局长甚至局长。但好景不长，就在小卜当上局长后的第二个寒冬，那位上级领导因严重违纪被立案侦查，而小卜也因贿赂上级领导和挪用公款送礼进了看守所。小说前大半部分写主人公官运亨通，乃应了民间那句贵人相助的老话，暗合了人们希图改变命运的期待心理；后半部分情节和人物命运的陡转，则告诉读者所谓贵人扶持并不可靠，从而体现出作品对那种期待心理的解构。小说最后一句"那是位啥大……大贵人啊……"富含强大的反讽力量。《妙招》的主题反讽在结构上的实现与此稍有不同。小说先写讲座的失败——祁教授依照上级的安排到大宝村做一个专题学习辅导报告，全村600多人口，听报告的却只有几十号人，而就是这么些人，不到十五分钟也"你走我溜地散去了"；后写讲座的"成功"——由于村干部抽奖拿奖金这一妙招的出手,尽管仍有人来回走动、交头接耳,但村民们无一人退场。作品的反讽效果就体现在失败与成功之间所形成的张力上,其对重物欲轻精神的时代病症的揭示,也在这一张力中得以实现。

应当看到,在海华小小说作品中,上述多种反讽类型往往是交叠并用相互作用的,只是为了论述的方便,我们才分门别类地加以区分。英国文论家 D.C.米克曾说,反讽的功能就"在于传达比直接陈述更广博、更丰富的意蕴,在于避免过于的简单化、过于的说教性,在于说明人们学会了以展示其潜在破坏性的对立面的方式,而获致某种见解的正确方法"。我想,海华小小说主题的蕴藉隽永就与反讽叙事的灵活运用有很大关系。

三、别样的构思

艺术构思往往决定着艺术创造的成败,小小说创作当然也不例外。海华在《小小说为我的晚年生活增添了乐趣》一文中曾坦言构思的苦乐:"说实话,有时为了琢磨某个题材,或者构思某一细节,常招来失眠的困扰。然而,当拙作一旦被某报刊采用,特别是一次又一次地有幸被《小说选刊》《小小说选刊》《微型小说选刊》或中国小小说年选等其他权威选本选用,一种心舒气爽的快感便油然而生!"构思涉及主题意蕴的提炼和表现方式的选择方方面面,就海华小小说来说,其结尾的处理、情节的设置和艺术手段的创新方面则更值得推许。

小小说篇幅短小,要在有限的篇幅里实现意图、富有魅力,结尾的处理就成了重中之重。海华小小说的结尾方式多样,且常能出人意料之外。《化妆大师》写一家都是"师"字号的副镇长老岳为新媳妇寻请化妆大师的故事,最后才让小说中的人物和读者知道此化妆大师(殡仪馆的化妆大师)非彼化妆大师,从而造成对虚荣心、面子观念的辛辣讽刺。《补课》前大半篇幅写小说主人公盛平如何通过安排学生座位和小组长、强行给学生补课等不正当手段捞取好处,临结尾时写小宗的爷爷去盛平家里了解情况,结果他见到的盛平竟然是他昔日的学生,而盛平一见到小宗的爷爷,就"突然像喝醉了酒似地涨红了脸,一时不知该说什么好"。接着小说以"原来"领起,在解释完引起盛平那种反应的原因后戛然而止:小宗的爷爷当盛平的老师时,"为了帮助他顺利考上大学,经常利用休息时间帮盛平复习功课,不但从未收补课费,还时常地接济他……"如此结尾不仅干净利落,而且意犹未尽,收到了一石多鸟之功效。《妙招》在写至村民领到奖金兴高采烈地陆续散去时就可以结束了,但作者结尾却别出心裁地安排祁教授去问一位村民听报告的感受,那位村民的答非所问令人啼笑皆非,但恰好增强了"妙招不妙"的反讽意味。此外,《小陆的日记》《知音》《报谁好》等作品的结尾处理同样值得一观。海华小小说的结尾既有"欧·亨利式"的,也有自己的独特创造,很好地处理了借鉴与创新的关系。

海华小小说情节反转的设置颇能引人入胜。《送"瘟神"》写某局安局长为了赶走人称"搅屎棍"、"瘟神"的温副局长,在县考察小组考察温副局长时,授意局里的大小领导和一般干部只说好话,全力推荐。当考察结束,安局长自以为得计时,却从组织部部长那里得知了匪夷所思的结果:由温副局长接替他,而他则轮岗到另一个让他更不舒心的局做局长。情节的反转出人意料之外又在情理之中,既有对做局者"偷鸡不成蚀把米"的辛辣讽刺,也有对干部选拔弊端的犀利批评。《报谁好》的情节一波三折,形成多重反转:空缺副局长人选按县里的答复原本就可以在某局内部产生的,但由于县里和市局领导的多次干涉,使得上报人选数易其主,最终陷入进退失据的僵局。就在这情节的一再反转中,读者获得了犹如坐过山车般的感受。同时小说的主旨也得到了最大程度地呈现。在海华小小说中,情节反转的设置较为成功的还有《老艾》《贵人扶持》等篇章。情节的反转往往能增强艺术表现力,收到引人入胜的艺术效果。《小小说选刊》原副主编寇云峰先生曾在点评海华的一组三篇小小说《机关三题》时说:"把小小说写得好看,是作者最重要的本领之一。首先得用可观赏性吸引住读者,才谈得上什么内涵、思想、个性等等。海华的《机关三题》就写得好看,而且不是一般的好看,是让你笑过之后回味再三的好看"。[5] 寇先生所言不虚。但其实情节的反转也是其小小说好看的重要因素。

海华小小说的艺术手段多样而奇诡。《隐形手套》以魔幻与象征手法叙写了一个匪夷所思的故事:主人公只要戴上隐形手套,其内心贪念就会受到遏制;而一旦脱去,其本能欲望就会得到放纵。"隐形手套"者,心中的道德准则与良知之谓也。作品以此来结构故事,看起来荒诞不经,却贴切传神地勾画出一种普遍的心理人格。杨克、王十月两位先生对此篇小小说的解读颇为到位,可参看。《一瓶名酒的自述》运用拟人化手法,借一瓶名酒路易十三的遭遇,从"物"的视角揭示了腐败的另类花样:路易十三于某酒庄被木叔买下,木叔为了儿子来年找个好工作,在包装盒上做下记号后送给了管人事的局长,局长夫人当晚按约定的价钱转手卖给了原来的某酒庄;几天后当木叔再次到某酒庄买路易十三准备送给管教育的局长时,他认出了先前做了记号的路易十三……小说以名酒为第一人称讲述其被多次转手的经历,构思独到而新奇。《四眼儿》则通过主人公心境的起伏与狗的情绪变化的对应与扭结构筑戏剧冲突:当主人公决心将狼狗大青献给考察组而眼露

"愧疚"与"寒气"时,大青眼中则"显露出一些恍惚和不安";而当主人公最终醒悟对大青"又恢复了往日的友善与亲和"时,大青则"又习惯地伸出舌头,亲昵地在主人的手背上舔来舔去"了。小说中的"四眼儿",乃人和狗共同的名字,强调的是人与动物灵的沟通,小说题名"四眼儿",自有其构思的深意在。另外,《最佳人选》借主人公应聘演员时的表演而实现官场与剧场、官员与演员同构的构思可谓新颖别致、匠心独运,相信同样值得读者玩味。

海华小小说整体上达到了较高的水准,他有几个作品可以说是留得住的。其小小说的语言总体上已颇为老到,但有的作品的有些语言还欠洗炼;有的作品立意开掘还不够深。

期待海华继续努力,写出更多更精彩的小小说!

（惠州学院中文系博士后、教授、广西师范大学硕士生导师）

1.雪弟:《显明或隐秘的机关叙事——读海华小小说》,《中国小小说地图》(广东卷),大众文艺出版社2013年版,第019页。

2. 米兰·昆德拉:《小说的艺术》,董强译,上海译文出版社2004年版。

3.其反讽叙事的频繁使用从诸多小说标题的设置中即可以见出,如《知音》《最佳人选》《零上访》《赢家》《化妆大师》《贵人扶持》《打个报告来吧》《真功夫》等。

4.D.C.米克:《论反讽》,周发祥译,北京:昆仑出版社1992年版。

5.见《南方日报》2015年1月28日A20版。

显明或隐秘的机关叙事

——读海华小小说

雪弟

在小小说领域，有那么一些作家，他们成长的速度是惊人的。往往不过是三四年的时间，他们就由小小说的边缘走进了中心，成为小小说创作中的中坚力量。来自广东惠东县的海华就是这样一位作家。海华原名崔国华，2006 年年底重新开始小小说写作，截止到 2010 年 12 月，他已在《南方日报》《羊城晚报》《作品》《百花园》和《小小说月刊》等报纸杂志发表作品百余篇，并有数十篇作品先后被《小说选刊》《小小说选刊》和《微型小说选刊》等国内权威期刊转载，《批判会》《最佳人选》《专项经费》等多篇作品还入选了《中国当代小小说大系》《2007—2008 广东小说精选》等权威选本，小小说集《台上台下》也于 2009 年 5 月（纳入《中国小小说典藏品》系列丛书）出版。《水牛王》获中国首届小小说擂台赛二等奖；《最佳人选》获第八届全国微型小说（小小说）年度评选一等奖。面对这些创作实绩，肯定会有人发出这样的疑问：倘若不是源于天才的创造，那么，究竟是什么因素使得海华这类作家迅速崛起？

其实，这个问题并不难回答。如果我们稍微仔细地了解一下他们的人生经历，我们就会发现这类作家至少具备两个方面的文学创作潜质：一是他们具有丰厚的生活素养。譬如说海华，从担任惠东县委新闻秘书到在惠东县政府从政的几十年生活变迁，为他的"机关小小说"创作提供了得天独厚的条件，与那些更多依靠想象力来玄想机关生活的作家相比，这些真实和真切的生活经验，可以说使得海华在"机关小小说"这一领域自由驰骋，既做到生动、逼真地描摹现实，同时又充具理性反思和批判精神。二是他们具有扎实的文字功底。虽然他们进行文学创作的时间短暂，但他们一直与文字为伍。像海华，自 20 世纪 80 年代初就在省内外报刊发表数百篇新闻作品，还连续三年被《南方日报》评为优秀通讯员（后被评为模范通讯员）。只不过当时发表的多是新闻和通讯及言论。尽管不同的文体在写作上有所差异，但扎实的文字功底无疑为海华的小小说写作打下了坚实的基础。

就海华发表的百余篇小小说来看，其创作素材还是比较多样化的，既有市井百态的展示，亦有机关生活的描绘。但穿过这百余篇小小说的表层，我们还是能够发现海华创作的奥秘所在，这就是：显明或隐秘的机关叙事。在这里，"机关叙事"不单单是指作品内容上对机关生活的描绘，它还包括对机关秩序和机关伦理较深刻的剖析和揭示。

很容易看出，海华的大多数小小说，如《批判会》《吃年夜饭的"虚拟动作"》《机关三题》和《最佳人选》等作品呈现出显明的机关叙事特点。我们以《最佳人选》略作说明。从情节构造上说，这篇作品非常简单，它无非是极力铺写了一个群众演员在考场上的具体表现，但正是这个群众演员（现实中是一位曾经当过科级、处级乃至副厅级领导的秘书）的具体表现——入木三分地演绎了一个为人精干、处事圆滑、喜怒不形于色、能屈能伸的官员，掀开了机关生活的面纱，把机关里的等级、复杂和微妙等暗藏的

"机关"统统地抖了出来,并通过现实和演戏之间的对立和交融,以充满反讽性的笔调书写了一个官员的真实人生。构思之独特,描写之独到,确实让人叹服。

与《最佳人选》等作品带有显明的机关叙事不同,海华有少量作品,譬如《买纽扣》《起名》《"姐妹"聚餐》等,它们从表面上看是写市井百态,与机关无丝毫的关联,但若深究,我们便会领悟到,它们依然属于机关叙事的范畴。只不过,它们比较隐秘罢了。如《起名》看似是写一家人绞尽脑汁为孩子起名的故事,实际上是通过愈起愈长的名字来隐喻一些地方机构改革中,机构愈改愈多,机构名称愈改愈长的现象;《买纽扣》看似是写一个年近七旬的老母亲让家人帮她买纽扣,结果却未能如愿的故事,实际上是通过儿女的懒惰和自私来隐喻机关中的互相推诿和事不关己高高挂起的现象。这两篇作品看似漫不经心,实则是作者的精心布局,是隐含着作者成熟思考的一种叙事策略。作者这样做的原因是什么?除了进行多维度的叙事探索外,还有没有更深层的文化、心理因素?

格非在《作者及其意图》(见《文学的邀约》)一章中说:"作者的声音在今天之所以变得那么微弱、游移、讳莫如深、不偏不倚,与其说是一个主动的现代主义策略,还不如说因为文学迫于社会压力而不得已进行退让。"格非对作者声音的分析和判断,是深刻的,也有着足够多的事实依据。由此角度来理解海华在机关叙事中的隐秘性,我觉得也是适合的。但问题是,海华的小小说创作并未流露出,它已由显明的机关叙事转向隐秘,显明和隐秘是海华小小说的两个方面,它们是并存的。因此,我认为,作为曾长久供职于政府机关的海华,或许他的内心确实存在着来自于机关秩序及社会意识形态的某种压力,以致采取隐秘的机关叙事策略,但这也未必表明是文学的一种退让。因为,文学毕竟是一种形象化的表达,而且海华在隐秘的机关叙事中并未丧失理性的反思和批判的立场。

认识海华,已三年多了。他的小小说写作真的有了颇为显著的进步。但他的有些作品对主题内涵的开掘仍不够深;在创作题材上仍需进一步拓宽。我想,倘若他在以后的创作中,在一如既往地注重自己独有的生活经验表达的同时,能进一步丰富自己的想象力,相信将会有更大的进步。

（第四届中国小小说"金麻雀奖"评委,广东小小说学会常务副会长）

选自《中国小小说地图》(广东卷,雪弟著)。

小小说为我的晚年生活增添了乐趣

写下这一行字,心中忽地扑哧一笑:这么不着边的题目,岂不让行家们笑话? 然冷静想来,这确实是我的真实感受。

早在上世纪八十年代任县委新闻秘书期间,我曾学写并在《南方日报》《羊城晚报》《广东农民报》发表过小小说 10 余篇。但那时我压根不知小小说为何物? 后从政。直到 2006 年年底退二线后,我又重操"旧业"。2008 年 7 月,我到惠州市参加"申平小小说研讨会",有幸拜识了《小小说选刊》的杨晓敏主编,后又应邀奔赴郑州参加第四届小小说"金麻雀"奖颁奖盛典,才对小小说有了更深的了解,创作热情日渐高涨,几年来,先后在《文艺报》《小说选刊》《南方日报》《羊城晚报》《作品》《惠州日报》《百花园》《小小说选刊》《微型小说选刊》等 20 多家报刊发表(转载)200 多篇小小说,得到了一定程度上的认可,并陆续获得了一些奖项。

如果说,当年任新闻秘书时涉猎小小说,是为了促进工作,那么,这几年重新学写小小说,更多的是为了增添晚年生活的乐趣。

说来也怪,这些年来,生活中偶有烦恼袭来,一旦琢磨起小小说的主题、人物、故事情节,心情就豁然开朗,人也特别来劲,平添了不少乐趣。去年 8、9 月间,我不慎闪了腰,找惠州市一老中医针灸,需四个疗程,每个疗程 7 天,每天扎三四十枚针,约需一小时。扎针时刺痛不说,若遇患者多了,一等就是一两个小时,故烦闷交迫。有一天等扎针时，听一年近五旬的患者同医生说，他近日同一结交数十年的老朋友拜拜了，原因是他的老朋友打麻将忒上瘾，那天开台突然听老父亲在老家病逝，仅叫家属汇点钱。他再三催促，仍不休战回家奔丧。这位患者一怒之下，拂袖而去。后一连数日，每当扎针遇刺痛和烦闷时，便想起那位患者说的事，想啊想啊，也许是注意力转移吧，扎针引起的刺痛竟神奇般地减轻了，心情也舒畅多了；想啊想啊，一篇小小说的主题、人物、故事情节都成型了，几天后，《底线》一稿脱稿了。不久，发表在《小小说选刊》之（原创佳品）栏目。细想这前前后后，独自乐了。

说实话，有时为了琢磨某个题材，或者构思某一细节，常招来失眠的困扰。然而，当拙作一旦被某报刊采用，特别是一次又一次地有幸被《小说选刊》《小小说选刊》《微型小说选刊》或中国小小说年选等权威选本选用，一种心舒气爽的快感便油然而生！可以说，这些年大凡心情最佳之日，多是小小说创作有了好事之时。倘若偶尔出了本小集子，或者得了个啥奖项，或者某名家为我的习作写了评论，我更是像添了个孙子似的，乐得好些天睡不好觉。

学写小小说，能增添乐趣。读小小说，何尝不是又一种乐趣呢？特别是品读《小小说选刊》之《经典的诞生》栏目里的精品力作，或者名家写的小小说评论，不仅能增知长识，拓宽视野和思路，而且还能怡情。

其实，还有一个乐趣，因为学写小小说，这些年有幸先后结识了省内外一些良师益友，平日偶有相聚，必聊起小小说，以及相关的种种趣闻轶事，话题不止，笑声不断……

这些年来，每隔一些时日，我那上六年级的孙子便会问，爷爷,有新到的《小小说选刊》吗?当他接过新到的一期《小小说选刊》,津津有味地捧读时,我就觉得,这不正是小小说带给我晚年生活的另一大乐趣吗? 同时也幻想着:本小老头所钟爱的事儿,似有后来人也!

（原载 2013 年第 6 期《小小说选刊》。获该刊"我与小小说"征文优秀奖,仅设优秀奖）

后 记

本人纯农家子弟。因老家在惠东县平海镇，且出生地近海，故取笔名海华：海则勿忘是平海人，华即名也是花，乃浩瀚大海中一朵小小的浪花也。

如同许多人一样，自幼喜欢文学。参加工作后，先后在本县白花公社和县供销社当资料员，一直与文字为伍。20世纪80年代任县委新闻秘书，在省内外报纸杂志、电台发表（播出）数百篇新闻作品并屡受嘉奖。曾学写且在省级报刊发表过小小说。

后从政。

2006年年底退位后，纯属爱好，也为寻求晚年生活的乐趣，以延缓大脑老化之进程，仍不忘初心，试抱着半是玩的心态，重新学写小小说。

我不是作家。2009年5月，我的第一本小小说集《台上台下》纳入《中国小小说典藏品》系列丛书出版。不久应邀奔赴郑州出席第四届小小说金麻雀奖颁奖盛典，报到第二天，参加与会作家向读者赠书活动，当看到广场上那巨幅广告中一大串作家的名单里，居然也有自己的姓名时，顿觉一阵脸红耳热。因为我一直觉得自己顶多算是个自得其乐的老年写作者。

记得有位名作家说过，人尤其是老年人是需要鼓励的。值得庆幸和感恩的是，这些年在学写小小说的实践中，有幸承蒙杨晓敏、秦俑、杨克、刘海涛、顾建新、陈永林、廖琪、何龙、张健人、陈美华、张子秋、邓琼、刘秀娟、苏方桂、申平、伍世昭、雪弟、肖建国、夏阳、郑有军等等众多良师益友,广东省作家协会、广东省小小说学会、郑州市小小说学会、惠州市小小说学会真诚的鼓励、支持、帮扶和指教。正因为如此,本人紧赶慢赶,好好歹歹也算有了丁点的长进,得到了一些肯定和认可。迄今已在《文艺报》《小说选刊》《南方日报》《羊城晚报》《作品》《惠州日报》《百花园》《小小说选刊》《微型小说选刊》《当代小说》《小小说月刊》《天池小小说》《精短小说》等全国20多家报刊发表(转载)200多篇小小说,出版小小说作品集两部。并获全国微型小说(小小说)年度评选一等奖、二等奖、中国首届小小说擂台赛二等奖、全国梁斌文学奖三等奖、"廉洁广东行·微小说"全国征文大赛一等奖等十多个奖项。

令本人颇感惶恐的是,被称为中国小小说掌门人的杨晓敏、广东省、惠州市小小说学会会长、一级作家、《小说选刊》之微小说特聘编辑申平、著名小小说评论家刘海涛、惠州学院中文系博士后、教授、广西师范大学硕士生导师伍世昭、著名小小说评论家雪弟等良师益友高看一眼,非常热心地先后为我的习作写了评论(随笔),给予我许多肯定、鼓励和鞭策。知名画家、我的好友张旭东先生为其中不少篇章精心画了插图。

欣逢2016年金秋时节,广东省小小说学会策划出版《岭南小小说文丛》(第一辑),蒙申平会长再三鼓励,本人从这些年来在省内外报刊上公开发表的200多篇小小说中精选出55篇,微小说5篇(均按发表日期先后排序)。同时选入杨晓敏(杨晓敏鉴赏)、申平、刘海涛、伍世昭、雪弟等五位良师益友的评论(随笔),配上知名画家、好友张旭东的插图,一并结集出版。

当《最佳人选》这本小集子付印之时,本人要向前面提到的以及尚未提及的诸位良师益友,向《文艺报》《小说选刊》《南方日报》《羊城晚报》《作品》《惠州日报》《百花园》《小小说选刊》《微型小说选刊》等报刊,向广东省作家协会、广东省小小说学会、郑州市小小说学会、惠州市小小说学会,真心实意地说声感谢! 并致以崇高的敬意!

眼下,本人已是年近古稀的小老头一个。至于往后,还是在《世界华文微型小说作家微自传》一书中,本人的那篇微自传里的结束语所言:"能写到啥时候算啥时候,能写到哪算哪吧"。

说实在的,本小集子选入的习作难免存在许多不足乃至错漏,敬请读者诸君雅正! 谢谢!

作者

2016 年 12 月 30 日